변변찮은 마술강사와 추상일지 9

—메모리 레코드—

Memory records of bastard magic
instructor

CONTENTS

"와…… 선생님 머릿
"정말 손질하는 보람
"큭……."
어떤 사정으로 인해
마술강사 렌으로서
게 된 그날 밤.
그는 꼼짝도 못 하고
"야. 리, 리엘. 애들
"음. 나중에."
유일하게 리엘만 관
딸기 타르트에 빠져
그리고 질색하는 글
기세는 천정부지로

걸 고우시다…….”
이 있네!”
다시 여자가 되어버린 글렌이 여성
자노 제국 마술학원 여자 기숙사에 묵
시스티나와 루미아에게 붙들려 있었다.
좀 말려봐!”
이 없어 보였지만, 그녀는 여느 때처럼
있느라 전혀 도움이 될 것 같지 않았다.
의 반응을 아랑곳하지 않는 두 소녀의
나열되었다.
“이렇게나 길면 다양한 헤어스타일을 시험해볼 수 있겠네.”
“맞아! 땋은 머리나 트윈 테일…… 아, 댕기 머리나 가시 땋기도 어울리실 것 같아!”
“야, 너희들…… 적당히 좀 하라고!”
“아, 그거 괜찮겠다. 시스티. 그럼 거기 맞춰서 옷도 코디해 보고 싶지 않니?”
“응! 그럼 이왕 하는 김에 액세서리나 화장도…… 선생님 다음에 저희랑 옷 가게 같이 가요!”
“제, 제발 좀 참아주십쇼오오오오오오오오오오오오오오오오오오오오오!”
글렌의 한심한 비명이 한밤중의 여자 기숙사에 울려 퍼졌다.

변변찮은 마술강사와 추상일지 9
—메모리 레코드—

Memory records of bastard magic instructor

히츠지 타로 지음
미시마 쿠로네 일러스트
최승원 옮김

모두가 정말 좋아.

《전차》 리엘 레이포드

Memory records of bastard magic instructor

세리카
아르포네아
알자노 제국 마술학원 교수. 외모는 젊어도 글렌을 길러준 부모이자 마술 스승이기도 한 수수께끼가 많은 여성. 글렌이 엮이면 팔불출이 된다.
리엘
레이포드
제국 궁정 마도사단 특무분실 소속. 루미아의 호위로 마술학원에 편입했지만 어째선지 글렌의 등만 쫓고 있다.
루미아
틴젤
청초하고 마음씨 고운 누구에게나 사랑받는 인기인. 목숨을 걸고 자신을 구해준 글렌을 일편단심으로 사모하고 있다. 글렌과 시스티나가 싸울 때는 자주 중재 역할을 맡는다.
시스티나
피벨
「강사 킬러」라는 별명을 가진 고지식한 우등생. 글렌의 적당한 태도를 흘려 넘기지 못하고 매번 설교하는 모습은 이미 학원의 명물이 됐을 정도다.

Character
알베르트
프레이저
제국 궁정 마도사단 특무분실
소속. 글렌의 전 동료. 제국에서
손꼽히는 저격수이자, 전투에서
첩보에 이르기까지 수많은
임무를 완수해온 초일류 마도사.
글렌
레이더스
주인공. 알자노 제국 마술학원의
마술을 싫어하는 마술 강사.
만사에 무책임하고 의욕 제로.
마술사로서도 삼류라서 장점은
전혀 없는 셈. 그런 그의 진정한
모습은―?

렌의 수난

The Agony of Lane

Memory records of bastard
magic instructor

알자노 제국 마술학원 1학년 여자 기숙사.

"……."

지금은 수업 중인 낮 시간대라 한산한 그 건물 안의 복도를 누군가가 발소리를 죽인 채 걷고 있었다.

주위를 경계하며 조용한 실내를 이동하던 그자는 이윽고 어느 방 앞에서 갑자기 걸음을 멈추었다.

"……."

그리고 작게 주문을 외워 문의 자물쇠를 열고 안으로 발을 들여놓았다.

공부용 책상, 침대, 테이블, 커튼을 친 창문, 오일 램프 같은 기숙사생다운 비품이 갖춰진 1인용 방이었다. 그런 아무도 없는 방 안쪽의 옷장 앞으로 망설임 없이 다가선 그자는 가장 아래쪽 서랍을 열었다.

그곳에는 브래지어와 팬티 같은 여성용 속옷들이 가지런히 정돈된 상태로 들어 있었다.

"……."

마치 보물이라도 찾은 것처럼 그것을 손에 집어 든 그자는 나직한 웃음을 흘렸다.

──────.

"1학년 여자 기숙사에 속옷 도둑~?!"

알자노 제국 마술학원 본관의 학원장실에 글렌의 고함이 울려 퍼졌다.

"음. 지난주 초부터 발생해서 어제 자로 벌써 여덟 건일세."

"윽, 그건 꽤 사태가 심각하군요."

릭 학원장은 난감한 듯 머리를 벅벅 헤집는 글렌에게 진지한 표정으로 고개를 끄덕였다.

알자노 제국 마술학원의 학생은 크게 페지테에 집이 있어 거기서 다니는 학생들과, 학교 근처에서 하숙 또는 교내 기숙사에 사는 이들로 나눌 수 있었다.

"그건 그렇고 교내 여자 기숙사라…… 보안 마술이 걸린 교내 시설에서 이런 사건이 일어나다니…… 동료를 의심하고 싶진 않습니다만, 이거 범인은 관계자 확정 아님까?"

글렌은 힐끔 어딘가를 흘겨보았다.

"음. 그와 동시에 보안을 뚫을 수 있는 실력자여야겠지. 나도 동료를 의심하고 싶지는 않네만……."

릭 학원장도 같은 방향을 힐끔 쳐다보았다.

마침 그곳에는 마술학원 백마술 계통의 권위자이자, 실크해트와 연미복을 멋들어지게 차려입은 신사 체스트 르 누아르 남작이 끈에 칭칭 감긴 채 천장에 거꾸로 매달려 있었다.

"그렇게 됐으니, 자. 냉큼 죄를 실토하시지. 남작."

"아니, 자네들! 지금 입술이 마르기도 전에 동료부터 의심하고 있지 않은가!"

얼굴을 새빨갛게 붉힌 체스트는 몸을 좌우로 붕붕 흔들며 맹렬하게 항의했다.

"참으로 유감이군! 자네들은 귀족인 이 몸이 정말로 그런 천박하고 저열한 범죄를 저지를 거라 생각한 건가?!"

"응."

"즉답?! 아니, 진정한 신사인 이 몸은 어디까지나 「YES 롤리타, NO 터치」의 정신을 준수하고 있단 말일세! 난 여자에겐 손끝 하나 대지 않아! 정신 마술로 환각을 보여서 꺅꺅 놀라는 그 사랑스러운 모습을 멀리서 시간(視姦)하는 것이야말로 최고의 애정 표현! 본인에게 실질적인 피해를 주는 속옷 도둑 따위와 똑같은 취급하지 마시게!"

"……."

"그리고 나 정도쯤 되는 숙련자라면 보기만 해도 상대가 지금 입고 있는 속옷의 형태를 백 퍼센트의 정밀도로 예측해서 마술로 물질화하는 것이 가능! 그러니 굳이 속옷을 훔칠 필요가……!"

"학원장님. 이왕 이 기회에 이 자식도 역시 처분해버리죠?"

"음, 나쁘지 않군."

"Nooooooooooooooo!"

눈을 게슴츠레 뜬 글렌과 학원장의 지혜로운 결단에 체스트는 비통하게 절규했다.

"그러나 진심으로 유감이네만, 이번 사건은 정말로 체스트 남작과 무관한 모양일세. 자백용 마술약과 퇴행 최면 마술까지 썼는데도 무죄가 증명됐지 뭔가."

"크아~! 그건 진짜 유감이네요, 학원장님. 그냥 이 인간이 범인이면 좋았을 텐데 말입니다!"

"음, 동감일세. 아무튼 그런 사정으로 글렌 군. 자네에게 이번 사건의 해결을 부탁하고 싶군."

"우째서?!"

대충 예상했던 전개였지만, 글렌은 일단 의무적으로 태클부터 걸었다.

"자, 잠깐만요! 왜 하필 접니까?!"

"실은 말일세. 피해를 입은 1학년생이 직접 자네를 지명하지 뭔가."

"예에?! 대체 왜……."

터엉!

"실례합니다!"

마침 그 순간, 세차게 문이 열리며 한 여학생이 씩씩하게 학원장실로 들어오더니 눈을 휘둥그레 뜬 글렌의 허리를 와락 끌어안았다.

살짝 핑크색이 감도는 머리카락, 작은 몸집, 목에 건 십자가, 교복에 달린 리본의 색으로 봐선 아무래도 1학년인 듯한 이 소녀의 정체는—.

"헉! 넌…… 마리아?!"

어떤 사정으로 최근 글렌과 접점이 늘어난 마술학원의 1학년생 마리아 루텔이었다.

"예! 선생님의 귀여운 마리아랍니다! 이번 속옷 도둑 사건을 맡아주셔서 감사해요!"

"아직 승낙 안 했거든?! 아니, 그보다 날 지명했다는 1학년 여학생이 너였어?!"

여느 때처럼 질척대는 마리아에게 글렌은 질색하는 반응을 보였다.

"야, 웃기지 마! 왜 난데?! 나보다 적임자는 얼마든지 있잖아!"

"선생님밖에 없다구요……."

글렌이 항의하자 마리아는 눈을 내리깔고 침울한 목소리로 중얼거렸다.

"불안해요……. 저뿐만이 아니에요. 기숙사의 다른 1학년들도 모두 정체를 알 수 없는 범인 때문에 겁에 질려 있다구요."

"마리아……."

"하지만 선생님이라면…… 지금까지 이 마술학원을 몇 번이나 위기에서 구한 선생님이라면 분명 어떻게든 해결해주실 거라고 생각해서……."

"……."

"부탁이에요, 선생님. 아무쪼록…… 부디 저희를 도와주세요!"

기도하듯 손을 모은 마리아는 글썽이는 눈으로 글렌을 올려다보았다. 이어서 그녀의 뺨을 타고 흘러내린 눈물을 본 글렌은…….

"야, 그 안약이나 숨기고 말해."

그녀가 손에 든 작은 유리병을 게슴츠레한 눈으로 노려보았다.

"에헷, 실수♪"

마리아는 자기 뒤통수를 찰싹 치며 혀를 살짝 내밀었다.

"후우."

평소와 변함없는 반응에 글렌은 성대하게 한숨을 내쉴 수밖에 없었다.

"아무튼 그렇게 됐으니 선생님! 잘 부탁드려요! 선생님이 와주시면 저희도 든든하죠!"

"뭐가 그렇다는 건지 하나도 모르겠다만! 난 무리라고!"

글렌은 괜히 엉겨 붙는 마리아를 떼어내려 했다.

"여자 기숙사잖아! 범인을 잡으려면 거기서 밤새 경비를 서야겠지? 난 남자니까 그건 아무리 생각해도 불가능……."

하지만 글렌을 더 단단히 부둥켜안은 마리아는 자신만만하게 외쳤다.

"그 점은 문제없어요! 선생님이 여자가 되면 되잖아요!"

"뭐? 여자가 되면?"

무지막지하게 불길한 예감이 든 순간.

터엉!

다시 학원장실의 문이 세차게 열렸다.

"나한테 맡겨라! 글렌!"

"으헉?! 세리카!"

새파랗게 질려서 뒷걸음질 치는 글렌에게 세리카는 당당하게 선언했다.

"전처럼 내가 널 마술로 여자로 만들어주마! 넌 귀여운 1학년 여학생들을 위해 전력을 다하도록! 알겠지?"

그리고 어디선가 본 적 있는 수상한 약병을 들고 사악하게 웃으며 천천히 다가왔다.

"자, 잠깐만! 넌 또 왜 이렇게 이 녀석한테 협조적인 건데?!"

"이야~ 알고 보니 참 귀여운 녀석이더라~? 만날 때마다 널 훌륭한 선생님, 최고의 선생님이라고 치켜세워주는 거 있지? 그런 귀여운 학생이 지금 네 도움이 필요하다잖냐! 그러니 아무쪼록 힘이 되어주라고! 우후훗."

"벌써 함락됐어?! 변함없이 쉬운 여자잖아, 제7계제(셉텐데)!"

"게다가 이번엔 이런 선물까지 받았고~?"

세리카는 쑥스러워하며 한 권의 사진집을 펼쳤다.

그곳에는 글렌이 보기 드물게 진지한 표정으로 멋지게 수업을 하는 사진(누가 봐도 도촬)이 가득 실려 있었다.

"이런 멋진 사진집을 받았으니 나도 힘 좀 써볼 수밖에 없잖아? 우훗, 우후후훗……."

엄청나게 기뻐하는 세리카에게 의기양양한 얼굴로 엄지를 척 세운 마리아의 옆구리에는 사진기가 매달려 있었다.

"도촬범?! 학원장님! 여기에도 처벌해야 할 범죄자가 있는뎁쇼?!"

글렌이 마리아를 삿대질하며 규탄했지만, 당사자는 뻔뻔하게 휘파람을 불며 모른 척했다.

"자~ 그럼 시작한다! 바보 제자!"

그리고 오늘따라 괜히 의욕적인 세리카가 손가락을 튕겨서 흑마의(黑魔儀)【리스트릭션】을 발동해 빛의 고리로 글렌을 구속했다.

"아, 안 돼애애애애애애애애애애애애!"

학원장실에 글렌의 비통한 비명이 메아리쳤다.

―잠시 후.

"아~ 진짜! 제길! 내가 왜 또 이런 꼴을……!"

울상을 지은 여성이 교내 어딘가를 빠르게 걷고 있었다.

아름다운 소프라노 보이스, 길고 윤기 있는 흑발, 풍만한 가슴, 요염한 곡선을 그리고 허벅지, 복장은 약간 후줄근하지만, 스쳐 지나가는 모두가 한 번쯤 고개를 돌려볼 법한

이 미녀의 정체는 세리카의 마술로 다시 여자가 된 글렌이었다.

“오, 오랜만이네요. 그 모습도.”

“뭐랄까, 변함없이 보는 이쪽이 여자로서 자신감을 상실할 것 같은 멋진 몸매네요…….”

“응……. 글렌, 미인이야.”

그런 글렌의 뒤를 따르는 건 루미아, 시스티나, 리엘이었다.

이번 사건에 그녀들도 도움을 주기로 했기 때문이다.

“이야~ 여자가 된 선생님…… 소문으로 듣긴 했는데 정말 굉장하네요!”

마리아도 싱글벙글 웃으며 뒤를 따라왔다.

“남자 모습도 멋지시지만, 여자가 된 모습도 멋져! 전 다시 한번 반했답니다! 에헷♪”

“소름 끼치니까 그만해! 난 두 번 다시 이런 꼴이 되고 싶지 않았다고!”

글렌은 몸을 부르르 떨며 마리아의 말을 부정했다.

아무튼 조금 전부터 지나가는 남학생이나 남자 강사들의 묘하게 뜨거운 시선을 받다 보니 왠지 모를 정조의 위기와 공포가 동시에 찾아왔기 때문이었다.

“차, 참으세요. 선생님. 1학년 여학생들이 곤란한 상황에 처한 건 사실이잖아요.”

“맞아요! 이 방면의 전문가 중에 한가한 건 선생님 정도밖에 없으니 가능한 한 빨리 범인을 잡아버리면 되잖아요. 예?"
"응. 우리도 협력할게."
"제길…… 아, 그래! 알았다고! 하면 되잖아! 하면!"
글렌은 이제 자포자기한 심정으로 의욕을 불태울 수밖에 없었다.
"그래, 그 마음가짐일세. 글렌 군. 귀여운 1학년 여학생들을 겁에 질리게 한 불한당을 우리 손으로 붙잡는걸세."
그러자 나란히 걷고 있던 체스트 남작이 글렌의 어깨를 가볍게 두드렸다.
"바로 1학년 여자 기숙사로 가서 수사를 개시하세! 가련한 1학년 여학생들을 우리 손으로 지키는걸세!"
"그래, 그러자고."
글렌은 그대로 체스트와 함께 여자 기숙사를 향해 걸었다.
"아니, 넌 왜 자연스럽게 끼는 건데?! 이 변태!"
"으갸아아아아아아아아아아아아아아아아아아아아악?!"
하지만 곧 뭔가 이상하다는 것을 깨닫고 체스트를 때려눕혔다.

이렇게 1학년 여자 기숙사를 떠들썩하게 한 속옷 도둑을 잡기 위해 여자가 된 글렌은 시스티나, 루미아, 리엘과 함께 한동안 기숙사에서 지내게 되었다.
하지만 학원장의 정식 의뢰라곤 해도 실은 마음이 무거웠다.

아무튼 사건 현장이 다름 아닌 여자 기숙사였기 때문이다.

아무리 여자가 됐다고 해도 자신은 남자이기에 1학년 여학생들의 혐오 어린 시선과 반발은 피할 수 없을 터.

글렌이 이번 사건을 맡았다는 건 이미 기숙사 쪽에도 통보가 갔다고 하니 신원을 속이는 건 불가능했다.

'뭐, 꼬맹이들이 뭐라 생각하든 알 바 아니지만.'

글렌은 한시라도 빨리 범인을 잡고 이 상황에서 벗어나면 될 뿐이라고 생각했다.

하지만 그런 그를 기다리고 있던 건 예상과는 정반대의 반응이었다.

""""어서 오세요, 글렌 선생님!""""

"어?"

1학년 여자 기숙사의 현관에 들어선 순간, 글렌은 눈을 끔뻑거릴 수밖에 없었다.

놀랍게도 수많은 여학생들이 환호성을 지르며 자신을 두 팔 벌려 환영해주었기 때문이다.

"꺄아~! 선생님이셔! 여자가 됐지만, 진짜 글렌 선생님이야~!"

"글렌 선생님이 오셨으니 이젠 안심이지!"

"꼭 속옷 도둑을 잡아주세요! 응원할게요!"

"그건 그렇고…… 꺄아~! 글렌 선생님은 여자가 돼도 멋져~! 꺄아~!"

"자, 잠깐만! 애들아…… 우어어어어어억!?"

글렌은 눈 깜짝할 사이에 1학년 여학생들 사이에 파묻혔다.

"뭐야 이게. 교내에서도 변변찮기로 유명한 저 인간을 대체 왜……?"

낙동강 오리알 신세가 된 시스티나는 아연실색한 눈으로 이 예상치 못한 광경을 바라보았다.

"어? 시스티나 선배, 모르셨어요? 글렌 선생님은 저희 1학년 사이에서는 인기 최고라구요!"

마리아가 마치 자기 일처럼 기쁜 듯 가슴을 펴고 설명했다.

"어, 뭐어어~? 인기~? 저 인간이? 농담이지?"

"진짜라구요! 그야 선생님은 몇 번이나 우리 학교와 페지테를 위기에서 구해낸 영웅인걸요! 그러니 저희 또래라면 홀딱 빠지는 게 당연하죠!"

"그, 그건…… 학년이 달라서 평소의 게으르고 의욕 없는 저 인간의 모습을 모르니까……."

"그런 선생님과 한동안 한 지붕 아래에서 지낼 수 있다니! 아아, 두근거림이 멈추지 않아요! 그냥 이 기회에 날 덮쳐주시지 않으려나? 난 선생님이라면 여자라도 전혀 상관없는데! 꺄아꺄아~!"

마리아는 이제 시스티나의 말이 귀에 들리지도 않는지 얼굴을 붉히며 혼자 흥분했다. 아마 지금 머릿속에선 완전히 핑크색 꽃밭이 펼쳐져 있으리라.

"아니, 그게, 그러니까……!"

"아무튼 그렇게 됐으니 시스티나 선배……! 저도 끼러 갈게요! 나중에 봬요!"

어안이 벙벙한 시스티나에게 절도 있게 경례한 마리아는 그대로 여학생들 사이에 파묻혀 있는 글렌을 향해 몸을 날렸다.

"으음…… 여자들이 글렌한테 달라붙는 거…… 왠지 싫어."

그러자 평소와 다름없는 무표정이지만, 왠지 기분이 안 좋아 보이는 리엘도 그쪽을 향해 종종 걸어가더니 글렌에게 매달린 여학생들을 힘으로 떼어내기 시작했다.

"뭐, 뭐야. 저게……!"

"음. 뭐, 난 사실 알고 있었어. 선생님이 꽤 인기가 많으시다는 거."

복잡한 표정의 루미아가 부들부들 떨고 있는 시스티나에게 쓴웃음을 지었다.

"아하하, 큰일이네. 시스티. 왠지 요즘 경쟁률이 너무 오른 거 같지 않니?"

"겨, 겨겨겨, 경쟁률은 무슨! 난 딱히 선생님이 인기 있든 말든 전혀 상관없거든?!"

시스티나는 어째선지 허둥대며 대답했다.

"애당초 이러니저러니 해도 선생님은 성인 남자잖아? 그러니 어린 여자애들 사이에 파묻혔다고 기뻐하거나 우쭐대실 리 없어! 그러니……."

그리고 억지로 납득하려 한 순간.

"으하하하하하하하하하하하하하하하하하하하하하하하하!"

글렌이 크게 웃음을 터트렸다.

"그래! 그래! 내가 그렇게 멋지고 믿음직하다 이거지? 크크크, 보는 눈이 있는 전도유망한 녀석들이군! 하하하! 이제 걱정은 덜어두도록! 너희의 학창 생활에 불온한 그림자를 드리운 불한당에게 이 글렌 레이더스 초선생님이 반드시 정의의 철퇴를 내려줄 테니까! 너희는 큰 배에 탄 심정으로 나만 믿도록! 으하하하하하하하하하핫!"

완전히 우쭐대고 있었다.

"엄청 기뻐 보이시네, 선생님……."

"하·긴·그·런·인·간·이·었·지? 저 남자는!"

시스티나가 무시무시한 표정으로 글렌을 노려보았고, 루미아는 다시 쓴웃음을 흘렸다.

"루미아! 한시라도 빨리 범인을 잡아버리자! 여기서 빨리 나가야 해!"

그리고 시스티나가 범인을 향해 핀트가 어긋한 분노와 원망을 돌린 순간.

"잠깐만요! 이게 대체 무슨 소란이죠?"

그 과열된 분위기에 찬물을 끼얹는 목소리가 들렸다.

새로운 인물이 등장한 것이다.

황갈색 앞머리를 일자로 자른, 언뜻 봐도 고지식하고 규율에 깐깐해 보이는 1학년 여학생이었다.

"비올라 양?!"

마리아가 크게 외치며 그 소녀, 비올라를 돌아보았다.

"별일이네요. 비올라 양이 큰 소리를…… 아~! 당신도 선생님 하렘에 끼고 싶은 거군요? 자, 여기. 여기가 비어있답니다~!"

"그럴 리 없잖아요!"

비올라는 어깨를 들썩이며 글렌에게 다가왔다.

"다들, 그 선생님한테서 떨어지세요! 지금은 여자 몸이지만, 그분은 남자잖아요? 불결해요!"

비올라의 험악한 분위기를 느낀 여학생들이 순식간에 멀어졌다.

그리고 그녀는 글렌의 정면에 서서 가슴을 펴고 선언했다.

"글렌 선생님이시죠? 전 이 1학년 여자 기숙사생 대표인 비올라 시리스라고 해요. 기억해두시길."

비올라 시리스. 사실 글렌은 그녀의 얼굴과 이름을 알고 있었다.

얼마 전에 열린 마술제전 제국 대표 선수 선발전에서 1학년 중 마지막까지 마리아와 대표 선수 자리를 다툰 소녀였기 때문이다.

"저희 기숙사생들의 요청으로 기숙사의 안전을 위협하는 불한당의 수사를 맡아주신 건 정말 감사하지만…… 필요 없으니 돌아가 주세요!"
"오?"
"여긴 선생님 같은 음흉한 짐승이 와도 될 곳이 아니에요! 당신 때문에 기숙사의 풍기가 문란해진다구요! 범인은 제가 잡을 테니…… 어, 왜 거절당했는데 안심한 얼굴로 안도의 한숨을 내쉬시는 거죠?!"
예상과는 전혀 다른 글렌의 반응에 비올라가 눈을 부릅떴다.
"아니…… 역시 난 이게 정상이잖아? 학생들한테 사갈처럼 미움받는 게 일상이었는데 최근 왠지 주위의 태도가 달라져서 적응이 좀 안 됐거든. 그러니 진짜 고맙다 야, 비올라."
"아니, 뭐예요! 그 안쓰러운 이유는! 절 바보 취급하시는 거예요?!"
글렌이 진심으로 감사를 표하자 비올라는 더 화를 냈다.
"정말이지! 영웅인지 뭔지 알 바 아니지만, 절 얕보면 큰코다칠 줄 아세요!"
그리고 재빨리 수인을 맺자 농밀한 마력이 모이기 시작했다.
"……?!"
그 순간, 글렌은 재빨리 뒤로 도약했다.
허공에서 강림한 유령 같은 하얀 천사(말라흐)가 자신을 향해 수도를 내리쳤기 때문이다. 그리고 천사는 비올라를 지키듯 그를 노려보았다.

천사의 얼굴은 놀랍게도 비올라와 판박이였다.

"이거 놀랍구만. 너도 말라흐 소환술 사용자였냐."

말라흐 소환술.

술자의 심상 일부를 말라흐라 부르는 유령에 가까운 형태의 종자로 소환해서 사역하는 고등 소환술이다. 말라흐가 받은 피해가 그대로 본체에 피드백되는 결점이 있지만, 말라흐 자체는 본체를 뛰어넘는 힘을 발휘할 수 있었다.

"지난주에 개안한 마술이에요. 좀 더 빨랐으면 대표 선수 자리도 노려볼 만했는데……."

비올라는 자랑스럽게 가슴을 펴고 코웃음을 쳤다.

"아무튼 이 힘이 있으면 이 기숙사를 노리는 불한당에게서 모두를 지킬 수 있어요! 그러니 선생님은 얌전히 돌아가…… 앗?! 잠깐!"

하지만 곧 말라흐가 느닷없이 글렌을 공격하는 것을 보고 당황했다.

"읏차."

글렌은 가볍게 말라흐의 펀치와 킥을 슥슥 피했다.

"꺄아~! 선생님, 나비처럼 멋있으셔!"

마리아와 여학생들이 환호성을 질렀지만, 정작 비올라는 거기 신경 쓸 겨를이 없었다.

"그만! 그만해! 얘! 내 말 좀 들어!"

비올라가 계속 필사적으로 외치며 정신을 집중하자 말라흐는 그제야 비로소 움직임을 멈추었다.

'아항~? 아직 익힌 지 얼마 안 돼서 제어가 잘 안되는 거구만?'

글렌은 간단히 상황을 파악했다.

술자의 심상 일부인 말라흐는 다른 마술과 달리 이성이 아닌 본능으로 다루는 마술이다.

그러다 보니 초심자가 폭주를 일으키는 케이스가 종종 있었다.

"하아, 하아…… 아, 아무튼! 저한테 이런 힘이 있으니 선생님의 도움은 필요 없다구요!"

추태를 보인 탓에 얼굴이 새빨갛게 익은 비올라가 글렌을 확 노려보았다.

"아니, 그럴 리가."

하지만 글렌은 당치도 않다는 듯 솔직한 감상을 전했다.

"말라흐는 말이다. 대표 선수인 프랑신 수준으로 제어할 수 없으면 오히려 해가 돼. 네 재능은 인정한다만 아직 일러. 그러다 선무당이 사람 잡는다고. 미안하지만, 이번 사건은 순순히 나한테 맡겨두라고."

"크……! 그, 그래도 난……!"

합당한 지적에 비올라는 분한 듯 표정을 구기더니 등을

돌리고 도망치듯 달려갔다.

"뭐야? 저 녀석은 왜 저렇게 날 걸고넘어지는 거지?"

글렌은 그런 그녀의 뒷모습을 의아한 눈으로 지켜보았다.

그날 밤.

"오해하지 말아주세요, 글렌 선생님. 비올라 양은 실은 정말 좋은 사람이에요."

뒤에서 마리아가 비올라를 변호하자 글렌은 인상을 찌푸렸다.

"비올라 양은 1학년 기숙사생 대표에…… 남성 혐오증이 좀 있긴 해도 마음씨 곱고 책임감도 강한 애예요. 평소에 저희한테 불편한 일이 없도록 세심하게 배려해주거나, 자상하게 고민을 들어주기도 한답니다? 도저히 저희랑 같은 1학년이라는 생각이 안 드는 착실한 애예요."

"뭐, 그건 너희 반응을 보면 알겠다만."

글렌은 아직 이곳에 온 지 얼마 안 됐지만, 조금 전의 분위기만 봐도 1학년 중에 비올라를 싫어하는 학생이 없다는 것을 알 수 있었다. 분명 그녀는 「모두가 의지하는 언니」 포지션인 것이리라.

"예. 뭐, 조금 난감한 점이 없는 건 아닌데…… 기본적으로는 정말 좋은 애예요."

"응? 난감한 점?"

"아, 아니. 아무것도 아니에요."

마리아는 혀를 살짝 내밀고 얼버무렸다.

"응……? 뭐, 아무렴 어때."

글렌은 더 묻지 않고 말을 계속했다.

"아무튼 비올라에 관한 건 대충 이해했어. 뭐, 신뢰 관계를 쌓을 수 있도록 노력해보마."

"예! 감사해요! 역시 선생님! 말이 통하셔! 도량이 넓어!"

"하하하, 별말씀을."

그런 마리아의 찬사에 적당히 웃어넘긴 글렌은 갑자기 등을 돌리더니 눈을 게슴츠레하게 뜨고 말했다.

"그래서? 왜 넌 당연한 것처럼 내 침대 위에 있는 거지?"

이곳은 글렌에게 임시 배정된 1학년 여자 기숙사의 개인실인데 마리아가 침대 위에서 베개를 안고 엎드린 자세로 다리만 까닥거리고 있었다. 거기다 아직 어린 티가 남은 몸에 걸치고 있는 건 프릴이 달린 귀여운 속옷과 시스루…… 누가 봐도 승부 속옷이 아닌가.

"꺄~! 선생님도 참! 그걸 꼭 말로 해야 돼요? 차려 놓은 밥상도 못 먹는 건 남자의 수치라구요?"

"큰일 날 소리 말고 당장 나가아아아아아아아아아아아!"

글렌이 그렇게 외친 순간.

"그렇고말고!"

철컥!

방 안쪽에 있는 옷장에서 체스트 남작이 튀어나오더니 마리아에게 맹렬히 설교하기 시작했다.

"마리아 군! 자네는 좀 더 자신을 소중히 여겨야 해! 한때의 감정에 몸을 맡기고 소중한 것을 잃어선 안 돼! 그건 자네가 생각하는 것보다 훨씬 존귀하고 가치 있는 것이란 말일세!"

"그래, 맞아! 마리……."

"애당초 글렌 선생은 신사! 자네 같은 소녀에게 손을 댈 리가 없네! 소녀란 노터치로 보살펴주는 것이야말로 철칙! 만약 글렌 선생이 그 금기를 깨고 그런 부러…… 발칙한 짓을 저지른다면 이 체스트가 신사의 이름을 걸고 전력을 다해……."

"아니, 넌 또 어디서 튀어나온 건데?!"

뒤늦게 상황을 파악한 글렌이 체스트의 멱살을 잡고 집어 던졌다.

와장창!

"으갸아아아아아아아아악?!"

그렇게 체스트는 창문을 깨고 저 멀리 날아갔다.

"방금 그 소리는 뭐예요? 선생님!"

그리고 그 소리를 들은 학생들이 이 방으로 달려오는 기척이 느껴졌다.

"크, 큰일 났다! 야, 마리아! 후딱 옷 입어!"

"앗, 선생님?!"

허겁지겁 바닥에 있는 옷가지를 모아 마리아에게 넘긴 글렌은 마침 옆에 있던 의자에 발이 걸려 버렸다.

"우와아아아아아아아앗?!"

"꺄악!"

거기다 하필 마리아 쪽으로 넘어지는 바람에 마치 그녀를 덮친 듯한 꼴이 되고 말았다.

"아야야야야, 미안. 괜찮아?"

"선생님이 팔로 감싸주셔서 전 괜찮아요."

"다행이다. 아, 이러고 있을 때가 아니지! 어서……!"

하지만 때는 이미 늦었다.

"무슨 일이에요? 선생님!"

"속옷 도둑이 나타난 건가요?"

방문을 세차게 열어젖히며 시스티나, 루미아, 리엘, 비올라가 들어온 것이다.

""""…….""""

그리고 압도적으로 어색한 침묵이 실내를 지배했다.

"그게 그러니까……."

글렌은 냉정하게 본인이 처한 이 상황을 다시 확인했다.

자신이 바닥에 눕혀버린 야한 속옷 차림의 마리아와 주위에 난잡하게 흩어진 그녀의 옷가지로 도출할 수 있는 결론이라면—.

"누가 봐도 폭행 현장이네요. 젠장."

"마, 마마마, 마리아한테 대체 무슨 짓으으으으으으으으을?!"
시스티나는 큰 혼란에 빠진 듯했고.
"……."
루미아는 미소를 머금은 채 완전히 얼어버렸으며.
"프로 레슬링 연습……?"
리엘은 의아한 눈으로 고개를 갸웃거렸다.
"역시……!"
그리고 비올라는 분노가 이글거리는 눈으로 글렌을 노려보고 있었다.
"글렌 선생님…… 역시 그런 목적을 가지고 이 여자 기숙사에 오셨던 거군요?! ……이 짐승!"
"아니야! 절대로 아니라고!"
"그, 그래요. 오해예요, 비올라 양!"
마리아가 황급히 변호했다.
"선생님은 절 강제로 덮치신 게 아니에요!"
"그래! 말 잘했다, 마리아!"
"이건 양자 간 합의하에 이루어진 일인걸요!"
"역시 그냥 다물어!"
그리고 아무런 도움이 되지 않은 마리아의 발언에 더 크게 오해한 비올라가 분노를 터트렸다.
"절대로 용서 못 해요! 이 기숙사의 모두는 제가 지키겠어요! 오너라! 말라흐!"

재빨리 수인을 맺고 글렌을 향해 상쾌하게 손을 겨누었지만.

"……."

말라흐는 나오지 않았다.

"어, 어라?! 말라흐! 마, 말라흐! 얘가 진짜! 어서 나오란 말이야!"

그렇게 몇 번이고 계속 반복한 끝에야 허공에 겨우 소환문이 열리고 말라흐가 출현했다.

"하아, 하아…… 당신은…… 헉, 헉, 저랑 이 말라흐가……!"

"너도 참 덜렁이구나……."

글렌은 벌써 지쳐버린 비올라를 흘겨보며 일어섰다.

역시 아직 말라흐 소환술의 제어가 미숙한 모양이었다.

'마침 잘됐지 뭐. 이 틈에 오해를 풀어볼까…….'

글렌이 그 방법을 고민한 순간.

"""꺄아아아아아아아아아아악!"""

아래층에서 여학생들의 비명이 들렸다.

"어?! 방금……!"

"칫!"

상황을 눈치챈 글렌은 시스티나 일행을 밀치고 방에서 뛰쳐나왔다.

계단을 내려와 비명이 들린 쪽으로 달려가 보니 그곳은

공동욕실이었다.

거기서 수건만으로 몸을 가린 소녀들이 새파랗게 질린 얼굴로 떨면서 울고 있었다.

막 목욕을 마치고 나온 건지 약간 상기된 피부에는 물이 방울방울 맺혀 있었다.

"뭐야! 무슨 일인데?!"

"저, 저희 속옷이 사라졌어요!"

"목욕하고 나왔더니 탈의실은 어지럽혀져 있고……!"

"저희는 그냥 무서워서……!"

"뭐라고?!"

글렌은 안으로 들어가서 바구니 안의 옷들을 헤집은 흔적이 있는 탈의실을 둘러보았다.

"진짜네……?"

한차례 살핀 후 일단 안쪽에 있는 욕실도 확인했다.

"이, 이게 어떻게 된 노릇이지? 일단 인간의 생체반응을 탐지하는 결계를 건물 안에 공들여 깔아놨는데……."

그렇다. 임시 대책으로 글렌은 낮에 기숙사 여기저기에 결계를 깔아두었다. 그런데 범인이 침입한 듯한 반응이 전혀 없었던 것이다.

"흠, 실로 흥미 깊은 사태로군."

옆에 선 체스트 남작이 감탄하며 말했다.

"범인은 선생의 결계를 속이고 통과할 수 있는 탁월한 마술사인가. 아니면…….”

첨버어어어엉!

글렌은 말없이 남작의 멱살을 잡고 뜨거운 물이 가득한 욕조로 집어 던졌다.

“이, 이건?! 조금 전까지 소녀들이 들어가 있었던 목욕물?! 이거 완전 포상…… 끄아아아아아앗?!”

남작의 환희가 비명으로 바뀌었다. 글렌이 무표정으로 욕조를 향해 빙결 주문을 날렸기 때문이다.

즉시 남작과 함께 물이 얼어붙기 시작했다.

“그, 글렌 선생! 빙결주문만은 안 돼애애애애애애애애?! 모, 몸이이이이이이이이이!”

이윽고 완전히 얼음 속에 갇혀버린 체스트 남작이라는 더러운 장식물이 탄생했지만, 글렌은 관심을 끊고 진지한 얼굴로 생각에 잠겼다.

‘젠장, 모르겠어. 범인은 대체 무슨 수로 훔쳐 간 거지?’

이건 장기전이 될지도 모르겠다.

그런 예감이 든 글렌이 아무도 없는 탈의실을 응시한 순간.

“왠지 오랜만에 진지해지신 참에 죄송한데요.”

뒤에서 눈을 게슴츠레하게 뜬 시스티나가 목덜미를 잡아 당겼다.

“옷도 안 입은 여자애들 앞에 당당히 나서서 그대로 탈의실에 우두커니 서 있는 선생님도 만만치 않으시거든요?”

"죄송함다……."

그런 어수선한 분위기 속에서 1학년 여자 기숙사를 위협하는 정체불명의 범인 수사가 시작되었다.

천하의 알자노 제국 마술학원 여자 기숙사에서 이런 사건이 일어난 건 분명 중대한 사태였다.

그리고 이러니저러니 해도 여학생들을 이대로 내버려 둘 수 없었던 글렌은 자신의 능력을 총동원해서 수사를 개시했다.

먼저 여자 기숙사 주위에 더 공들인 탐지 결계를 설치했다.

이어서 원견 마술로 욕실과 주변을 감시……하려다 시스티나에게 철권제재를 당하고, 그쪽은 그녀들에게 맡기기로 한 후 욕실 주변과 복도에 함정을 설치하거나 밤낮을 가리지 않고 순찰을 돌기로 했다.

"아아아아아아아아아앗! 내 방에서 또 속옷을 도둑맞았어?!"

하지만 그런 노력을 비웃듯 사건은 계속해서 발생했다.

대체 어떤 수법을 쓴 건지 범인은 조금도 흔적을 찾을 수 없었다.

마치 유령을 상대하는 것 같은 상황이다.

"아, 진짜 모르겠네. 대체 어떻게 해서 들어온 거지?"

"역시 1학년 여학생들의 속옷은 우리가 전부 일괄적으로 맡아서 관리하는 편이 낫지 않겠나?”

일단 별안간 옆에 튀어나와서 정신 나간 헛소리를 지껄이는 체스트 남작을 꽁꽁 묶어서 화단 구석에 파묻었다.

글렌은 다시 생각에 잠겼다.

‘여기까지 흔적을 찾지 못한 건 예상외였지만…… 범행 시각, 현장의 상황을 고려하면 한 가지는 확실해. ……역시 이건 외부인이 아닌 내부인의 소행이야.’

그것만은 틀림없었다.

‘즉, 여자 기숙사의 누군가가 범인…… 수법과 동기는 전혀 모르겠지만, 그건 분명해.’

그렇다면 내키지는 않지만, 그 방법을 쓸 수밖에 없다고 결심을 굳힌 순간.

“학생들을 지키기 위해 스스로 악이 되겠다는 건가……. 글렌 군, 자넨 사나이일세.”

“넌 진짜 어떻게 해야 죽는 거냐……?”

부드럽게 어깨를 두드려주는 체스트 남작을 본 글렌은 성대한 한숨을 내쉴 수밖에 없었다.

그리고 다음 날 1학년 여자 기숙사생 전원이 모인 담화실.

“““예에에에에에에?! 저희 중에 범인이?!”””

글렌의 중대 발표를 들은 그녀들이 경악했다.

“그, 그럴 수가…….”

그를 맹목적으로 따르는 마리아조차 당혹스러움을 감추지 못했다.

"선생님…… 정말인가요?"

"그래, 틀림없어."

불안해하는 루미아에게 글렌은 진지한 표정으로 고개를 끄덕였다.

"나도 외부인이 범인이길 바랐다만…… 현장의 상황으로 봐선 내부인의 소행이라고 볼 수밖에 없어."

"그, 그럴 리가 없어요!"

그러자 당연히 비올라가 맹렬하게 반발했다.

"저희가 그런 짓을 할 리 없잖아요! 애초에 동기가……!"

"진정해, 비올라. 선생님은 변변찮은 인간이긴 해도 농담으로 이런 소릴 할 분은 아니셔."

"크……!"

시스티나가 그렇게 말하자 비올라는 입을 다물 수밖에 없었다.

"그런데 수법을 전혀 모르겠어. 그래서 미안하다만, 지금부터 너희 방을 하나씩 뒤져볼 거다. 먼저 증거부터 확보하는 셈이지. 사라진 속옷이 하나라도 방에서 나오면 그 사람이 범인일 테니까. ……알겠지?"

"으…… 그치만……."

"이걸로 범인을 찾을 수 있다면야……."

예상대로 1학년 여학생들은 내키지 않는 기색이었다.

당연했다. 이 수사방식이 의미하는 건 다름 아닌 같은 기숙사에서 사는 친구를 의심한다는 뜻이었으니까.

하지만 일이 이렇게 된 이상 어쩔 수 없다고 다들 납득하려 한 순간.

"저, 전 반대예요!"

이번에도 비올라가 맹렬하게 반대했다.

"전 모두를 믿어요! 저희 중에 그런 저열한 범인이 있을 리 없다구요! 이상한 억측은 그만하세요, 글렌 선생님!"

"하지만 말이다. 소거법으로 따져 보면 이 방법밖에 없다는 건 방금 설명했잖아?"

"윽! 그, 그래도……!"

반박할 말이 없는지 비올라가 한순간 입을 다물었지만, 다시 반항적인 눈으로 글렌을 노려보았다.

"저, 저희를 의심할 거면 선생님은 어떤데요?! 선생님도 충분히 용의자가 될 수 있잖아요! 범인을 찾는 척하면서 저희 속옷을……!"

"뭐……?"

글렌은 어이가 없었다.

아마 자신들 중에 범인이 있다는 것을 인정하기 싫어서 나온 말이었으리라.

'나 원…… 사건은 내가 오기 전부터 일어나고 있었잖아?

냉정하게 생각하면 말도 안 된다는 걸 본인도 알 텐데…….'

하지만 완전히 머리에 피가 오른 비올라에게 그런 냉정한 판단을 기대할 수는 없을 것 같았다.

그렇다고 이대로 내버려 두면 수사에 진전이 없을 터.

"알았다, 알았어. 먼저 내 방을 마음껏 조사해봐. 그리고 다음은 너희 차례. 그거면 됐지?"

"조, 좋아요! 후회하지나 마세요!"

이렇게 해서 모두는 글렌이 임시로 묵고 있는 방으로 이동했다.

철컥.

"자, 열었어. 마음대로……."

방문을 연 순간, 글렌은 석상처럼 굳어버릴 수밖에 없었다.

"어라……?"

조금 전까지만 해도 아무것도 없이 깨끗했을 방바닥에 어느새 작은 천 조각 같은 것들이 산더미처럼 쌓여 있었기 때문이다.

게다가 자세히 보니 저것들의 정체는 다름 아닌 여성용 속옷이었다.

"어……?"

"왜 그러세요? 선생……."

옆에서 방 안쪽을 들여다본 시스티나와 루미아와 리엘도

똑같이 굳어버렸다.

"……."

인정하고 싶지 않은 현실 앞에서 글렌은 곧 제정신으로 돌아왔다.

"어어?! 뭐야 이게에에에에에에에에에에에!"

헐레벌떡 뛰어가 양손으로 속옷들을 움켜잡고 응시했다.

마리아도 달려와 낯익은 승부 속옷을 집어 들더니 눈을 휘둥그레 떴다.

"거기에 이거 전부 지금까지 도난당한 저희 속옷이에요!"

"뭔데! 왜 이런 게 난데없이 내 방에 있는 거냐고!"

하지만 그 진상을 고찰할 여유는 없었다.

"선생님……?"

"헉?!"

무시무시한 기척을 느낀 글렌이 속옷을 양손에 쥔 채 조심스럽게 시선을 돌리자, 그곳에는 눈을 가늘게 뜬 시스티나가 마치 아수라 같은 형상으로 서 있었다.

"변변찮은 인간이지만, 쓰레기는 아니다. 그렇게 믿었는데…… 설마 정말로……?"

"아, 아아아, 아니야! 오해라고! 내가 이런 범죄를 저질렀을 리 없잖아!"

"마, 마마마, 맞아요! 시스티나 선배! 제 속옷이 여기 있는 건, 그게 그러니까……!"

시스티나의 험악한 기세에 마리아가 황급히 변호에 나섰다.
"제, 제가 드린 거예요! 선생님이 꼭 갖고 싶다고 하셔서!"
"넌 제발 입 좀 다물어! 사태를 더 악화시키지 말라고!"
마리아의 헛소리는 일단 제쳐두고, 역시 물적 증거의 힘은 절대적이었다.
밖에서 상황을 지켜보던 1학년 여학생들의 표정도 단숨에 험악해졌다.
"역시, 범인은 선생님이었잖아요……!"
그리고 의기양양한 표정의 비올라가 글렌에게 다가왔다.
"이래서 남자는 질색이라구요! 늘 우리를 야한 눈으로 쳐다보거나 입만 열면 거짓말만!"
"아, 아니야. 이럴 리가 없는데……."
"여러분! 이 몹쓸 인간에게 벌을 내려주죠! 전원 공격!"
""""응!""""
1학년 여학생들이 일제히 주문을 영창하자 폭염과 전격과 얼음이 글렌의 시야를 가득 메웠다.
"으아아아앗?! 내가 아니라고오오오오오오오오!"
와장창!
살의가 섞인 주문 난사를 피하기 위해 글렌은 머리 위로 팔을 엑스자로 교차해서 창문을 깨고 밖으로 도주했다.

""""거기 서어어어어어어어! 이 여자의 적!""""

교내 부지 안에서 1학년 여학생들이 한 남성을 맹렬히 추격하고 있었다.

"아, 젠장! 대체 왜 일이 이렇게 되는 거냐고오오오오오!"

그 대상인 글렌은 필사적으로 달아날 수밖에 없었다.

"에잇! 지금은 일단 어딘가에 몸을 숨길 수밖에……."

"아니, 글렌 군. 본인이 저지른 죄에서 눈을 돌리지 말게."

그러자 글렌과 나란히 달리는 체스트 남작이 입을 열었다.

"솔직하게 죄를 인정하고 회개하게. 그러면 죄로 물든 자네의 영혼도 틀림없이 구원받을 수 있을 터이니."

"호오, 그래? 그럼 네 주머니에 있는 그건 뭔데!"

글렌은 대뜸 삿대질을 날렸다. 체스트 남작의 주머니와 품속에는 속옷이 가득 담기다 못해 밖으로 삐져나와 있었기 때문이다.

"아, 아니. 이건 조금 전에 자네 방에서 획득한 분실물이니 난 전혀 잘못이……."

"너나 회개해!"

글렌은 달리는 자세에서 다리 후리기로 체스트 남작의 발목을 노렸다.

"우어어어어어어어어억?!"

균형을 잃고 넘어진 체스트 남작은 그대로 뒤로 굴러갔고, 이윽고 분노한 추격대에 생포당해 매타작을 당했다.

"감사합니다!"

하지만 본인은 오히려 포상으로 여기는 모양이었다.

"에잇, 젠장! 하지만 짓지도 않은 죄로 두들겨 맞는 건 참을 수 없지!"

그 모습을 본 글렌은 더 힘차게 앞으로 다리를 뻗었다.

"이제 더 이상 도망칠 곳은 없어요!"

그리고 현재 교내 부지 어딘가에서 글렌은 1학년 여학생들에게 포위당한 상태였다.

"추해요, 선생님!"

"믿었는데!"

"실망이에요!"

학생들은 저마다 글렌을 성토했다.

"진짜 내가 아니래도?! 사람 말 좀 들어!"

하지만 글렌도 필사적으로 무죄를 주장했다.

"저, 저기, 얘들아! 역시 좀 진정하지 않을래? 응?"

"맞아! 선생님은 그러실 분이 아니야!"

"응. 글렌은 그런 천 조각 필요 없어."

잠시 상황을 되돌아볼 여유가 있었던 덕분에 냉정함을 되찾은 시스티나와 루미아가 글렌을 옹호했고, 리엘도 연신 고개를 끄덕였다.

"맞아요! 다들 진정해요!"

그리고 마리아도 이 순간을 기다렸다는 듯 나서서 글렌

편을 들었다.

"한번 잘 생각해보세요!"

"그래! 마리아 말대로 한번 잘 생각해봐!

"설령 선생님이 속옷 도둑이라고 해도! 선생님이 정말 멋지고 훌륭한 분이라는 사실에는 변함이 없잖아요? 그러니 전 전혀 문제없어요! 그쵸? 선생님!"

"넌 제발 진짜 입 좀 다물어어어어어어어어어어어어어어!"

전혀 도움이 안 되는 마리아의 발언에 글렌은 머리를 감싸 쥐고 하늘을 향해 절규했다.

"이젠 변명해도 소용없어요! 우리 기숙사를 위협하는 몹쓸 범죄자에게 제가 직접 벌을 내려드리죠!"

그리고 비올라가 글렌 앞에 섰다.

"그러니까, 내가 아니라고!"

"그럼 선생님 방에 있던 그 속옷들은 뭐죠?"

"내가 어떻게 알아! 누가 내 방에 집어넣은 거 아냐?!"

"선생님은 내부인의 소행이라고 하셨죠?! 아까 담화실에는 기숙사생 전원이 한 사람도 빠짐없이 있었어요! 그럼 대체 누가 그런 짓이 가능했다는 거죠?!"

"그, 그건 말이지……."

글렌은 대답이 궁했다.

솔직히 누가 범인인지 전혀 짐작도 가지 않았기 때문이다.

'결계를 아무렇지 않게 뚫고 함정에도 안 걸리지 않나. 범

인이 유령이 아닌 이상…… 응? 유령?'

그 순간, 글렌은 한 가지 가능성을 주목했다.

'잠깐만, 유령이라……. 아니, 일반적으로는 있을 수 없는 일인데…….'

하지만 이번에는 그 일반적인 케이스에 해당되지 않는 요소가 있었다. 그렇다면 범인으로 가장 가능성이 높은 것은…… 그녀일 터.

'흠. 그렇다면…… 1학년 여자 기숙사는 현재 텅 비어있잖아? 지금까지의 상황으로 봐선 아마 높은 확률로 지금쯤…….'

그렇게 생각한 글렌은 비올라를 똑바로 바라보더니 별안간 권투 자세를 취했다.

"……?!"

그리고 당황한 그녀에게 일방적으로 말했다.

"아, 갑자기 미안한데. 비올라. 난 지금부터 널 한 대 때릴 거다. 네 건방진 태도에 슬슬 인내심이 바닥났거든."

말투는 가벼웠지만 그렇게 선언한 순간, 글렌 주위의 공기가 삽시간에 무거워졌다.

생사의 경계를 몇 번이고 넘나든 자와 그렇지 않은 자의 차이인지 여학생들은 포식자 앞에 선 사냥감처럼 몸을 움츠리며 굳어버릴 수밖에 없었다.

"싫으면 말라호를 꺼내서 막아봐. 얼마 전처럼 소환을 버벅거렸다간 얼굴 형태가 변해버릴지도 모른다? 자, 기합 넣고 준비해보시지. 큭큭큭……."

"어? 어? 진심이세요?!"

그런 글렌의 존재감에 압도당한 비올라도 당황하기 시작했다.

"비, 비겁해요! 궁지에 몰렸다고 갑자기 그런……!"

"간다~."

글렌은 반박할 여지를 주지 않고 땅을 박차며 질풍처럼 쇄도했다.

"아, 아……?!"

이젠 어쩔 수 없었다. 주먹을 들고 달려드는 글렌의 모습에 비올라는 무의식적으로 반응했다.

"마, 말라흐!"

필사적으로 수인을 맺고 외치자 허공에 소환문이 열렸지만, 안타깝게도 글렌의 속도보다 한참은 늦었다.

"히익?!"

"흡!"

몸이 대번에 굳어버렸지만, 주먹은 그녀의 얼굴에 닿기 직전 멈춰버렸다.

"으, 어……?"

바닥에 주저앉은 비올라를 내려다본 글렌은 어깨를 으쓱이며 너스레를 떨었다.

"하하하, 미안. 농담이었어."

어느새 그가 풍기고 있던 무겁고 날카로운 분위기는 완전히 사라져 있었다.

글렌은 넋을 잃은 비올라에게 손을 내밀어 그녀를 일으켜 세웠다.

"살기는 나름 조절했는데 생각보다 놀라게 한 모양이네. 미안하다. 하지만 그래도 꼭 지금 이 자리에 네 말라흐를 불러내고 싶었거든. 반쯤은 도박이었는데…… 당첨이군."

"당첨……?"

글렌은 비올라의 뒤를 가리켰다.

그곳에는 머리에 여성용 팬티를 뒤집어쓰고 양손에 속옷을 가득 쥔 그녀의 말라흐가 위풍당당하게 서 있었다.

신성한 이미지의 천사가 무표정으로 그러고 있으니 참 뭐라 형언하기 어려운 분위기가 감돌았다.

"어……? 이게 뭐죠?"

이 자리에 있던 모두가 경악한 눈으로 그런 말라흐를 쳐다보았다.

하지만 당연히 가장 놀란 건 당사자인 비올라였다.

"어, 어어어, 어째서? 왜 내 말라흐가…… 이런 꼴을?!"

"넌 좀 더 정진해야겠다."

글렌은 위로하듯 그런 그녀의 어깨를 두드려주었다.

결국 사건의 진상은 비올라가 어중간하게 각성한 말라흐

의 폭주였다.

"이러니 내 탐지 마술에 안 걸리지. 탐지 대상 설정을 인간으로 잡아놨으니 말이다."

말라흐란 술자의 심상 일부를 마술적인 종자로 소환하는 소환술인 동시에 이론이 아닌 본능으로 다루는 몹시 특수한 마술이다.

따라서 미숙한 술자의 말라흐가 제어를 벗어나 술자 본인의 의사와 관계없이 폭주하는 일이 빈번했고, 그 경우에는 술자 본인의 욕망과 본능에 따라 행동하는 케이스가 많았다.

즉, 이번에 비올라의 말라흐가 속옷을 모은 건 본능적인 행동이었고 글렌의 방에 속옷을 몰래 넣은 것도 그를 미워하는 감정에 따른 행동이었던 것이다.

"이건 불가항력이니 죄를 물을 수는 없어. 하지만 문제는 술자의 본능과 욕망에 따른 결과가 왜 여자 속옷을 훔치는 일이었냐는 건데……."

글렌은 몸을 작게 움츠리고 있는 비올라를 흘겨보았다.

그러자 다른 사람들도 따라서 비올라에게 시선을 집중했다.

"으, 아아…… 죄, 죄송……해요. 저, 전…… 사실…… 여자를 좋아하는 여자예요!"

결국 체념해버린 비올라는 힘없이 고개를 떨구며 자신의 성 정체성을 고백했다.

"놀라셨죠? 이런 인간이라…… 물론 같이 사는 사람들에게 폐를 끼칠 생각은 없었어요. 그래서 지금까지 엄격하게 규칙을 지키고 취향을 필사적으로 감춰서 평범하게 지내려고 했는데…….”

그리고 다른 여자 기숙사생들에게 고개를 숙였다.

“설마 이런 식으로 여러분께 폐를 끼치게 될 줄은……!”

“비올라 양…….”

여학생들은 뭐라 대답해야 좋을지 몰라 입을 다물었다.

그러자 비올라가 사죄하듯 말했다.

“저…… 기숙사를 나갈게요.”

“뭐?!”

“저희 집은 그다지 유복한 편이 아니라…… 기숙사에서 통학하지 않으면 생활비를 감당할 수 없으니…… 학교도 자퇴할게요. ……지금까지 정말 신세 많이 졌습니다. 흑…….”

비올라가 떨어트린 눈물이 바닥에 자국을 새긴 순간.

“잠깐 기다려봐.”

글렌이 한숨을 내쉬며 그녀의 어깨를 두드렸다.

“넌 너무 극단적이야. 왜 머리가 좋은 녀석들은 이리도 시야가 좁은 건지 원.”

그리고 눈을 깜빡이며 고개를 든 비올라에게 말했다.

“잘 들어. 네가 잘못된 게 아니야. 넌 자신의 성 정체성을 똑바로 마주 보고 사회와 타협하며 살아갈 수 있는 제대로 된 인간이라고. 그리고 이 기숙사 애들은 너에겐 소중한 친구들이지? 그래서 굳이 가시 돋친 태도를 취하면서 나라는 이물질을 배제하려고 했던 거지? 정체 모를 속옷 도둑으로부터 친구들을 필사적으로 지키려고 했던 거 아니었어?"

"그, 그건……."

"그런 녀석이 고작 성 정체성 때문에 쫓겨날 이유는 어디에도 없어. 그러니 계속 혼자 구멍 파지 말고 친구들이랑 이야기나 잘 나눠봐."

글렌은 턱짓으로 여학생들을 가리켰다.

"……!"

그러자 그의 의도를 눈치챈 마리아가 활짝 웃으며 말했다.

"아, 물론 전 기숙사를 안 나가도 딱히 상관없답니다!"

"예……?"

"아니, 까놓고 말해 비올라 양이 그쪽 취향이라는 건 다들 알고 있었는데요? 그치~?"

마리아가 웃는 얼굴 그대로 여학생들을 돌아본 순간.

"응, 응. 목욕할 때도 우리 알몸을 힐끔힐끔 훔쳐보던걸."

"같이 세탁물 널 때 가끔 속옷 보고 침을 삼킬 때도 있었고."

"뭐랄까. 이제 와서 무슨 소리 하냐는 느낌?"

"아니, 그보다 비올라…… 그걸로 잘 숨긴 줄 알았던 거구나……."

"예? ……예에~?"

"그건 그렇고…… 뭐야~ 범인이 비올라의 말라흐였어?

……괜히 겁먹었네."

"그러고 보니 속옷 도둑 사건이 일어나기 시작했던 것도 마침 딱 비올라가 말라흐를 각성한 지난주부터였지?"

예상 밖의 전개에 비올라가 조심스러운 목소리로 물었다.

"저기…… 여러분은 이런 저를, 받아들여 주시는 건가요? 제가 여기 있어도 괜찮은 건가요?"

"물론이지!"

"우린 친구잖아!"

"아무래도 이걸로 해결된 모양이네."

그런 늠름한 1학년 여학생들을 지켜본 글렌은 안도의 한숨을 내쉬었다.

"후훗, 다행이네요."

"응."

"정말이지, 사람 놀라게 하기는."

하지만 시스티나는 불만스러운 듯 귓속말을 건넸다.

"만약 예상이 어긋나면 어쩌시려고 그랬어요?"

"아~ 그건 뭐……."

그 지적에 글렌은 사실 별생각이 없었는지 입을 조개처럼 다물어버리고 말했다.

"흠, 흠! 아무튼 이걸로 사건은 끝! 이젠 이 지긋지긋한 사건에서도 해방이구만!"

"정말이지……."

시스티나와 그런 대화를 나눈 글렌은 서로의 우정을 확인하는 소녀들의 모습을 뜨뜻미지근한 눈길로 지켜보았다.

그리고 며칠 후.

"평화롭구만~."

"나 참, 정신 차리고 똑바로 좀 하세요! 긴장이 너무 풀리셨잖아요!"

평소와 다름없는 글렌에게 시스티나가 핀잔을 준 순간.

"선생님!"

마리아가 교실 문을 열고 활기차게 들어왔다.

"오, 마리아. 그 뒤로 좀 어때? 비올라 녀석 이젠 말라흐를 잘 제어하고 있냐?"

"예, 완벽하죠!"

그녀는 평소처럼 열량이 과잉 함축된 미소로 대답했다.

"하하, 그건 다행이네."

"그건 그렇고 선생님! 제 말 좀 들어보세요!"

"뭔데?"

"시, 실은…… 최근 저희 기숙사에 이번에는 정말로 진짜 유령이 나타났지 뭐예요?"

"뭐……?"

"그래서 다들 겁에 질린 상황이랍니다!"

맹렬하게 든 불길한 예감에 글렌이 굳어버렸지만, 마리아는 개의치 않고 말을 이었다.

"이렇게 된 이상 또 경애하는 선생님의 도움을 받을 수밖에 없겠네요! 그러니 다시 여자가 돼서 저희 기숙사에 와주세요!"

"웃기지 마아아아아아아아아아아아아아아아아아아!"

글렌은 마리아의 멱살을 잡고 마구 흔들었다.

"난 다시는 안 해! 딴 사람 찾아봐! 알겠어?!"

"아, 학원장님의 허가는 미리 받아뒀어요. 이번에도 선생님께 일임하시겠대요! 역시 글렌 선생님! 직장 상사의 신뢰도 두터우셔!"

"용의주도해?! 그, 그래도 난……."

"찾·았·다~!"

타앙! 그 순간, 갑자기 세리카가 교실 문을 박차며 난입했다.

"글렌! 이야기는 다 들었다! 귀여운 여학생들이 또 네 도움을 바라고 있다지? 자, 얼른 가서 도와줘라!"

당연한 듯 오른손에는 수상한 여체화 약병을 든 채로.

"세리카, 너?! 이번에는 또 뭐로 매수당한 건데!"

"매수라니 실례로군! 난 그냥 이런 멋~진 사진집을 마리아에게 선물 받은 것뿐이다만!"

세리카가 오른손에 든 사진집을 펼치자, 거기에는 여자가 된 글렌이 목욕을 마치고 나온 사진이나 잠에서 깨자마자

찍은 사진 등(아무리 봐도 도촬)이 가득 담겨 있었다.

"이런 멋진 사진집을 받았으니 나도 힘 좀 써볼 수밖에 없잖아? 우훗, 우후후훗……."

엄청나게 기뻐하는 세리카와 의기양양한 얼굴로 엄지를 척 세운 마리아.

"이젠 다 싫어어어어어어어어어어어어어어어어어어어어어!"

"앗, 글렌?!"

"기다리세요, 선생니임~!"

당연히 글렌은 쏜살같이 도망쳤고, 세리카와 마리아가 그 뒤를 쫓았다.

"후우…… 또 그 기숙사에 가야 돼? 어이가 없어서 정말."

"아, 아하하하."

"음…… 왠지 싫은데."

그리고 시스티나와 루미아와 리엘은 어딘지 모르게 핼쑥한 얼굴로 그런 글렌 일행을 배웅했다.

—오늘도 마술학원은 평화로웠다.

폭풍우 치는 밤의 악몽

Nightmare on a Stormy Night

"선생님! 이 인간이 정말! 그만 좀 일어나시라구요, 선생님!"

"으응……? 뭐야…… 시끄럽네 진짜……."

귓가에서 시끄럽게 울리는 목소리에 글렌은 눈을 떴다.

"하암~ 사람이 모처럼 기분 좋게 자는데……."

상체를 일으키고 기지개를 켠다.

이곳은 알자노 제국 마술학원의 교정.

따사로운 햇살 아래에서 벤치에 누워 즐기던 글렌의 편안한 수면 타임은 아무래도 여기까지인 모양이었다.

졸린 눈을 문지르며 시선을 돌리자 옆에는 친숙한 소녀들의 모습이 있었다.

"선생님, 이제 곧 수업 시간이잖아요! 그런데 언제까지 주무시고 계실 거예요!"

"아하하…… 쉬시는데 죄송해요. 그래도 슬슬 일어나주시면 안 될까요?"

"응. 글렌. 이대로 자버리면 지각할 거야."

시스티나, 루미아, 리엘이 저마다 그만 잠에서 깨길 요구했다.

"어? 벌써 시간이 그렇게 됐어? 어쩔 수 없구만……."

크게 하품을 하고 기지개를 켠 글렌은 누가 봐도 귀찮다는 듯 느릿느릿 벤치에서 일어났다.

그러자 시스티나가 불만스러운 눈초리로 핀잔을 주었다.

"그건 그렇고 선생님…… 요즘 너무 해이해지신 거 아니에요?"

"흐어~? 그런가?"

"그렇다구요!"

시치미를 떼는 글렌에게 시스티나가 검지를 척 들이밀었다.

"지금도 저희가 부르러 안 왔으면 분명 지각하셨을 테고! 요즘 따라 낮잠도 자주 주무시고! 복장도 어째 후줄근하고! 저희는 언제 하늘의 지혜 연구회와의 싸움에 말려들어도 이상하지 않은 상황인데도 말이에요!"

그렇다. 사실 그들은 지금까지 어떤 사정으로 인해 세계의 적인 수수께끼의 비밀결사 『하늘의 지혜 연구회』와 사투를 거듭하는 상황에 처해 있었다.

"그러니 항상 전장에 있는 듯한 마음가짐……까지는 바라지 않겠지만, 평소 생활 태도라도 좀 개선하셔야 되는 거 아니냐구요!"

"그치만 말이다. 최근엔 딱히 별사건이나 사고도 없이 평화로운 걸 어쩌겠어……."

글렌은 시스티나의 설교를 대충 한 귀로 흘려 넘기고 느긋하게 하품했다.

"이, 이익……! 선생님은……!"

시스티나가 더 심한 설교를 퍼부으려 한 순간, 점심시간 종료를 알리는 종소리가 교정에 울려 퍼졌다.

"오오, 벌써 수업 시간이군. 자, 가자! 나의 제자들아! 지각하면 안 된다? 하면 감점이야! 꺄하하하하하!"

글렌은 노골적으로 설교를 피하려는 듯 잽싸게 도주했다.

"아, 진짜!"

"자자, 시스티. 선생님은 원래 저런 분이신걸."

"응. 평소대로야."

발을 동동 구르는 시스티나에게 루미아는 쓴웃음을 흘렸고, 리엘은 무표정으로 고개만 끄덕였다.

"그, 그건 나도 알지만. ……그래도 역시 요즘 괜히 더 해이해지신 거 같지 않니? 평소에도 이러면 막상 위급할 때가 걱정돼서……."

"응, 그러게. 선생님은 그럴 때마다 무리를 하시니까…… 시스티는 방심한 선생님이 돌이킬 수 없을 정도로 큰 부상을 입으시는 게 아닐까 걱정되는 거구나?"

"아?! 아아아, 아니거든! 선생님이 널 제대로 지킬 수 있을지 걱정하는 거라구!"

시스티나는 고양이처럼 샤앗! 하고 루미아를 위협했지만, 어째선지 뺨은 홍조를 띠고 있었다.

"으, 으흠! 그건 그렇고…… 요즘 아무 일도 없어서 완전히 나태해진 선생님의 긴장감을 조성할 무슨 좋은 방법이 없을까?"

그런 고민을 하며 소녀들은 오후 수업을 받기 위해 교실로 발걸음을 옮겼다.

며칠 후.

이날은 기록적인 태풍이 페지테를 덮쳤다.

밤이 되자 더더욱 기세를 더한 태풍은 마치 폭포수처럼 비를 흩뿌리고 사람조차 날려버릴 듯한 강풍까지 동반했다.

그리고 사건은 이날 한밤중에 발생했다.

—옛날 옛적 어딘가에 아주 훌륭한 기사님이 살았습니다.

그 기사는 나라를 지키기 위해 전장에 나서면 견줄 데 없는 무용을 자랑하고 고아가 된 아이들을 거두어서 자식처럼 돌보는, 그야말로 기사의 귀감이 되는 인물이었습니다.

하지만 그런 기사를 못마땅하게 여기는 사람도 있었습니다. 바로 그 기사가 충성을 맹세하고 섬기는 영주였습니다.

영주는 자기보다 백성들의 존경을 받는 기사가 눈에 거슬렸던 겁니다.

그런 어느 날, 영주는 기사가 전장에 나가 있는 동안 기사가 거둔 아이들을 죽이고 그 죄를 기사에게 뒤집어씌워서 체포했습니다.

그렇게 기사의 참수형이 집행되기 직전, 아이들을 잃은 슬픔과 원한에 잠긴 기사는 피눈물을 흘리며 이렇게 말했습니다.

『영주여. 난 귀하를 절대로 용서하지 않겠소. 난 귀하에게 빼앗긴 것들을 반드시 되찾고야 말겠소. ……반드시.』

코웃음을 치고 기사의 목을 친 영주였지만, 그날부터 이상한 일이 생기기 시작했습니다.

폭풍우 치는 밤마다 영주의 귀여운 아들과 딸들이 한 명 또 한 명씩 실종된 것입니다.

영주가 대체 어떻게 된 일이냐고 길길이 날뛰며 아무리 엄중한 경비를 세워도 자녀들의 실종은 막을 수 없었고…… 결국 마지막 한 명까지 사라지고 말았습니다.

그러자 당황해서 어쩔 줄 모르는 영주의 어깨를 뒤에서 두드린 누군가가 말했습니다.

『말했지 않소? 난 귀하로부터 빼앗긴 것들을 반드시 되찾겠노라고.』

영주가 조심스럽게 뒤를 돌아보자 그곳에는—.

"다름 아닌 목 없는 기사가……!"

""""꺄아아아아아! 엄마야!""""

한밤중의 알자노 제국 마술학원 서관의 연금술 실험실에서 글렌이 맡은 2학년 2반 학생들의 소란스러운 목소리가 울려 퍼졌다.

비어 있는 실험대에서 카슈와 웬디를 중심으로 빙 둘러싸 앉은 학생들은 지금 서로에게 괴담을 들려주는 중이었다.

새카만 창밖으로 시선을 돌리면 여전히 기세가 잦아들지 않는 폭풍우와 이따금 내리치는 천둥이 괴담을 즐기기에 최상의 분위기를 조성했기 때문이다.

"다음 날 아침에 영주는 머리가 없는 상태로 발견됐다나 봐. 그 후로 이 나라에서는 아직도 폭풍우 치는 밤마다 아이들을 납치하는 목 없는 기사의 망령이 돌아다닌다던가!"

"""꺄아아아아아아아아악!"""

카슈가 그렇게 이야기를 마무리하자 학생들은 더 크게 비명을 질러댔다.

오늘 학생들은 팀별로 『유리휘정』이라는 마술 촉매를 연성하는 실험을 진행하는 중이었다.

그리고 지금은 겨우 소재의 처리나 조합 같은 사전 준비 작업을 마친 참이었다.

실험대 위에는 여러 개의 플라스크와 사이펀을 유리관으로 복잡하게 연결한 장치가 설치되어 있었고, 그 안에는 독살스러운 색의 마술 용액(알카헤스트)이 충전되어 있었다. 그것이 소형 화로로 가열되어서 승화된 성분이 위로 연결된 유리관을 통해 다른 플라스크로 한 방울씩 천천히 떨어지고 있었고, 그 안에서는 선명한 하늘색 결정이 조금씩 성장하고 있었다.

남은 과정은 학교에서 하룻밤 묵으면서 이 성장의 경과를 지켜보는 것뿐이었다.

"흥. 시시하긴."

학생들이 괴담으로 들떠 있는 한편, 조금 떨어진 실험대 위에 발을 올린 채 의자에 앉은 글렌이 퉁명스럽게 중얼거렸다.

"이런 종류의 이야기는 제국뿐만 아니라 전 세계에 널려있다고. 어차피 아이들한테 「나쁜 짓을 하면 안 된다」는 교훈을 주려고 지어낸 이야기인 게 뻔하잖아."

학생들의 시선이 모이는 가운데, 글렌은 여유 있는 표정으로 말을 이었다.

"애당초 우린 마술사잖아? 만약 실화였다고 쳐도 목 없는 기사 같은 건 마술로 얼마든지 해명할 수 있어. 뭐, 단순하게 생각하면 목 없는 기사는 사령술(네크로맨시)…… 아니면 백금술 계통으로 재현할 수 있겠지. 하지만 개인적으로 난 마도인형설에 한 표를 던지고 싶군. 그거라면 일화에서 나오는 괴현상을 합리적으로 설명할 수……."

"후우…… 말씀은 그렇게 하셔도 실은 무서워서 못 참으시겠다는 거죠? 선생님."

글렌이 의기양양한 얼굴로 목 없는 기사 전설의 진상을 해명하려 했지만, 옆 실험대 위에 앉아 다리를 까닥거리고 있던 시스티나가 피식 웃으며 끼어들었다.

"그러고 보니 선생님은 유령을 무서워하셨죠? 전에 도서관에서 유령 소동이 일어났을 때만 해도……."

"뭐어어어?! 너, 인마! 그게 무슨 소리야!"

글렌은 과장스럽게 의자를 박차며 일어났다.

"내가 군에 있을 때 지옥 같은 수라장을 얼마나 헤쳐 왔는지 알기나 해?! 그런 내가 이제 와서 고작 유령 따위에 겁먹을 리 없잖아!"

"허세 부리지 않으셔도 돼요, 선생님. 그땐 막 벌벌 떠셨으면서."

"그, 그건 널 겁주려는 연기였거든?! 나 의외로 연기파거든? 아니, 그보다 그때 벌벌 떤 건 너뿐이었거든?!"

"방금도 왠지 여유 있는 척하면서 설명하셨지만, 속으로는 심장이 벌렁거려서 당장 괴담을 그만두게 하고 싶으셨던 거 아니에요? 그래서 눈치 없이 별안간 괴담의 진상을 해명하려고 하신 거라거나~?"

"흐, 흐, 흐응~?! 난 이런 괴담쯤이야 백 개를 더 들어도 여유거든?! 아니, 그보다 요즘 괴담은 리얼리티가 부족해! 목이 없는~ 이라든가, 원한~ 이라든가! 이건 그냥 듣는 사람이 무서우라고 불길한 단어들만 골라 조합해서 이야기를 지었다는 게 뻔히 보이……!"

"아아아아아앗?! 방금 창밖에 목 없는 기사가?!"

시스티나가 창문을 가리키며 그렇게 외친 순간.

글렌이 움직였다.

잔상이 보일 정도로 날카롭고 빠른 동시에 물처럼 자연스러운 움직임으로 단숨에 시스티나의 뒤로 이동한 글렌은 그녀의 어깨와 허리를 움켜잡더니 마치 방패로 삼는 것처럼 슬쩍 숨어버렸다.

""""……."""

시스티나의 얼굴에서 표정이 사라졌다.

침묵하는 학생들.

그리고 당연히 창밖에 목 없는 기사 따윈 존재하지 않았다.

"훗……."

글렌은 어째선지 의기양양하게 웃더니 우아하게 머리를 쓸어 올리고 다리를 꼬며 쓸데없이 멋지게 착석했다.

"방금 그건 그냥 적이 기습을 가했을 때의 냉정하고 적확한 대처법을 너희들에게 가르쳐주려고 했던 것뿐이다."

"아니, 그보다 방금 절 방패로 삼지 않으셨어요?"

"바보. 방패는 무슨. 난 그저 네 아름다운 자기희생 정신을 존중해준 것뿐이라고."

"멋대로 존중하지 말아주실래요?! 저질! 여자를 방패로 삼다니, 진짜 최악!"

그렇게 이 떠들썩한 자리는 시스티나가 글렌에게 설교하는 평소와 같은 패턴으로 마무리되었다.

밤이 더 깊어지자 학생들은 연금술 실험 경과를 지켜보기 위해 팀별로 교대해가며 수면을 취하기 시작했다.

마술 실험 시설이 많은 이 서관에는 수면실도 있어서 학생들은 거기서 남녀별로 잠을 청했다.

"흐암~ 졸려……. 필수 수업이긴 해도 역시 이 실험은 피곤하구만."

"또 또 그런 말씀을."

그리고 글렌, 시스티나, 루미아, 리엘은 현재 서관 복도를 걷고 있었다.

이번 실험 경과를 평가하려면 과거의 실험 자료가 필요했기에 글렌은 그녀들을 데리고 연금술 실험실에서 멀리 떨어진 곳에 있는 자료실에서 자료를 찾았고, 지금은 다시 실험실로 돌아가는 중이었다.

"그치만 밤샘 작업은 역시 힘들잖아? 야, 너흰 아무렇지도 않아? 졸리잖아?"

"예, 전 괜찮아요. 낮에 잠깐 자뒀거든요."

루미아는 온화하게 웃었다.

"응. 나도 괜찮아."

리엘도 산더미 같은 자료를 가볍게 든 채 고개를 끄덕였다.

"난 일주일쯤 안 자도 문제없어."

"그러고 보니 넌 그런 규격 외의 인간이었지. ……난 역시 무리야."

글렌은 하품을 삼키며 별생각 없이 복도에 달린 창문을 돌아보았다.

창문으로 보이는 바깥 풍경은 여전히 새카맸다. 일단 교내 부지 여기저기에는 조명이 설치되어 있었지만, 이런 거센 비바람이 몰아치는 밤에는 거의 제 역할을 하지 못했다.

날짜는 이미 예전에 바뀌었다.

손끝에 깃든 마술 조명광만이 흐릿하게 윤곽을 밝히는 한밤중의 학교 건물 안은 으스스할 정도로 어둡고 고요했다.

그저 밖에서 부는 강한 바람 소리와 창유리를 두드리는 대량의 빗소리만 울려 퍼질 뿐.

"거참…… 진짜 기분 나쁜 날씨네. 기록적인 태풍~? 왜 하필 이런 날이랑 겹치는 건지 원……."

소녀들과 마찬가지로 자료를 양손 가득 든 글렌이 투덜거리며 창 너머의 아래쪽을 내려다본 순간.

'응……? 저건 뭐지?'

어두워서 아무것도 보이지 않아야 할 교정 한편에 어슴푸레하게 빛나는 무언가를 발견했다.

"으으음……?"

글렌은 눈을 가늘게 뜨고 시선을 집중했다.

자세히 보니 그 푸르스름한 빛은 인간의 형태를 하고 있었다.

고풍스러운 전신 갑주 차림으로 투박한 검을 든 그 모습은 그야말로 중세 시대의 기사 같았다.

그리고 그 기사의 목 위에는 있어야 할 것이 없었다. 머리에 해당하는 부위에는 그 무엇도 존재하지 않았던 것이다.

목 없는 기사.

"어……?"

소름이 돋았다. 봐선 안 될 것은 봐버린 탓에 심장이 조여드는 듯한 압박감. 전신에서 핏기가 가시는 감각. 등골이 얼어붙는 듯한 감촉.

손에서 떨어져 내린 자료가 바닥을 때렸지만, 글렌은 개의치 않고 눈을 비빈 후 창문에 달라붙어서 다시 한번 그 장소를 응시했다.

"……?!"

……없었다.

조금 전까지만 해도 분명히 이 두 눈으로 똑똑히 봤던 목 없는 기사의 모습이 어느새 홀연히 사라진 것이다.

"잠깐만요, 선생님! 뭐 하세요?!"

그러자 시스티나와 루미아와 리엘이 황급히 돌아와 글렌이 떨어트린 자료를 주워 모으기 시작했다.

"아하하, 혹시 발을 헛디디신 건가요? 하긴 자료가 이렇게 많으니……."

"하아…… 정신을 어디 놓고 다니시니 이러죠. 정말이지, 정신 좀 차리시라구요."

하지만 곧 시스티나는 창가에 서 있는 글렌의 낯빛이 시체처럼 창백하다는 것을 깨달았다.

"왜 그러세요……? 선생님."

"아, 아니…… 아무것도 아냐. 아무것도. ……하하하."

글렌은 묘하게 어색한 태도로 그렇게 대답했다.

그러자 시스티나가 씨익 웃으며 놀렸다.

"아~? 혹시 창밖에 뭔가 보인 건가요?"

"흐읍?!"

"예를 들면…… 목 없는 기사라든가~?"

그 순간.

"뭐어어어어어어어어어어어어어어어어?!그럴리가있겠냐갑자기무슨소릴하는거야바보아냐그런실화도아닌날조된이야기에겁먹는건어린애들뿐이거든?!"

"꺄악?!"

이상할 정도로 귀기 어린 표정의 글렌이 말을 속사포처럼 퍼붓자, 시스티나가 기겁했다.

루미아와 리엘도 대체 무슨 일인가 싶어 눈을 깜빡거렸다.

"노, 농담인데…… 그렇게까지 정색하실 필요는 없잖아요."

"응. 글렌. 왠지 이상해."

"아, 아아아, 아무것도 아냐. 아무것도…… 하하, 하하하……."

시스티나가 고개를 갸웃거리자 글렌은 억지로 웃으며 시선을 돌렸다.

"자, 그, 그만 가자! 최대한 빨리!"

"으, 음. 뭐…… 빨리 애들한테 자료를 전달해야 하긴 하죠."

당혹스러워하는 소녀들 앞에서 글렌은 떨어트린 자료를 허겁지겁 회수했다.

'그래, 맞아. 방금 그건 눈의 착각이야! 아까 이상한 이야기를 들어서 내 머릿속의 왕성한 상상력이 멋대로 창조해버린 망상이라고! 그래, 난 아무것도 못 봤어! 난 아무것도 못 본 거야!'

이윽고 일행은 자료를 빠짐없이 회수했다.

"자, 가자!"

"예…… 앗, 선생님?! 빨라! 걸음이 빠르시다구요!"

"애들이 이 자료를 기다리고 있잖냐!"

글렌이 부자연스러울 정도로 빠른 걸음으로 이동한 순간.

"꺄아아아아아아아아아아아아아아아아아아아아아아아아악!"

"으, 으아아아아아아아아아아아아아아아아아아아아아앗?!"

복도에 학생들의 비명이 메아리처럼 울려 퍼졌다.

"뭐야! 대체 또 무슨 일인데!"

"방금 그건…… 연금술 실험실 쪽이야!"

"응!"

글렌 일행은 서로 얼굴을 마주 본 후, 실험실을 향해 질주했다.

"이게…… 무슨?!"

실험실 문을 열자, 그곳은 이미 난장판이었다.

조명이 꺼진 어둠 속의 활짝 열린 창문 쪽에선 커튼이 세차게 펄럭였고 안으로 쏟아진 비로 인해 바닥은 물에 잠겨 있었다.

"뭐야 이건! 왜 아무도 없는 거지? 아니……."

주위를 살피던 글렌은 실험실 구석에서 두 학생이 머리를 감싸 쥔 채 벌벌 떨고 있는 모습을 발견했다.

카슈와 웬디였다.

"카슈! 웬디!"

황급히 달려가 어깨를 잡고 흔들었다.

그러자 둘은 몸을 움찔거리더니 고개를 들어 그제야 글렌의 존재를 확인했다.

"힉?! 서, 선생님……!"

둘 다 창백한 얼굴이었다.

"뭐야! 대체 무슨 일이 있었던 거야! 다른 애들은 어디에 있어!"

글렌의 물음에 잠시 입을 뻐끔거리던 카슈가 겨우 목소리를 쥐어짜 냈다.

"나…… 나왔어요."

"나와? 뭐가!"

"그…… 목이 없는…… 기사가…… 목 없는 기사가 정말로 나왔다고요!"

그 증언을 들은 글렌 일행은 충격에 잠겼다.

"뭐……라고? 목 없는 기사?!"

"예! 예!"

웬디가 덜덜 떨면서 빠르게 말을 쏟아냈다.

"갑자기 실내조명이 꺼지나 싶더니 틀림없이 잠갔던 창문이 열리고…… 그쪽에서 목 없는 기사가 들어왔어요! 그래서 기겁한 애들은 뿔뿔이 흩어져 이 실험실에서 도망쳤어요!"

"기, 기사는 달아난 친구들을 쫓아서 실험실을 나갔는데…… 아, 아아…… 이건 말도 안 돼!"

웬디와 카슈의 증언에 글렌은 전율했다.

'어……? 그럼 설마…… 아까 내가 본 게……?'

그것이 긴 공포의 밤이 시작됐음을 알리는 신호탄이었다.

"대체 왜 이런 일이 일어난 거지……?"

장소로 옮겨서 서관의 담화실.

글렌은 머리를 감싸 쥐고 한탄했다.

교내 조명 계통의 마술회로는 이 태풍 때문에 망가진 것일 터.

어둠에 잠긴 실내의 중앙 테이블 위에 올린 촛대의 어렴풋한 촛불만이 이 안의 상황을 흐릿하게나마 밝히고 있었다.

그리고 그 미덥지 못한 불빛이 비추는 것은 촛불을 에워

싼 학생들의 면면이었다.

카슈, 웬디, 시스티나, 루미아, 리엘. 이렇게 총 다섯 명.

평소처럼 졸린 듯한 무표정인 리엘을 제외한 그들의 얼굴에는 숨길 수 없는 불안이 드러나 있었다.

"거짓말이지? 왜 또…… 그럼 그때 그건 정말로……."

글렌이 머리를 감싸 쥐고 뭔가를 중얼거리는 한편, 시스티나가 평소보다 진지한 표정으로 입을 열었다.

"폭풍우 치는 밤을 배회한다는 『목 없는 기사』…… 마, 만약 카슈와 웬디가 본 게 정말 그거라면 이건 정말 위험할지도 몰라요. 선생님……."

"위, 위험하다고?! 위험하다는 게 뭐야! 위험하다는 게!"

글렌은 벌떡 일어서더니 뒤집어진 목소리로 외쳤다.

"너, 넌 목이 없어진 정도로 기사를 차별하는 거야?! 너, 기사가 가엽지도 않아?! 남의 신체적 특징을 비웃으면 안 된다고 어릴 때 엄마한테 안 배웠어?!"

"무슨 생뚱맞은 소리를 하시는 거예요?!"

어째선지 이상할 정도로 여유가 없는 글렌을 시스티나가 샤앗! 하고 위협했다.

"지금 상황이 어떤지 알기는 하세요, 선생님?! 일화에 따르면 목 없는 기사는 「아이를 납치」하는 존재라구요!"

"……!"

"당번이었던 애들은 뿔뿔이 도망쳤고! 이 건물의 수면실에서도 다른 애들이 자고 있잖아요! 빨리 합류하지 않으면 정말 위험하다구요!"

"시스티나…… 그러고 보니 너, 못 보던 사이에 꽤 어른스러워졌구나."

그러자 글렌이 갑자기 온화한 표정으로 그런 말을 꺼냈다.

"예?"

"너뿐만이 아니야. 내가 모르는 사이에 다들 몸도 마음도 성장해서 「어른」이 된 거였어. 내가 이 반을 맡은 지 반년…… 세월이 흐르는 건, 그리고 인간의 성장이란 참 빠르군. ……이제 어른이 된 너희들에게 내가 해줄 수 있는 건 아무것도 없을지도 몰라."

그리고 천천히 얇은 이불을 머리부터 뒤집어쓰고 몸을 둥글게 말았다.

"그러신다고 제가 속을 줄 알아요……?!"

시스티나는 그 이불을 확 잡아당겼다.

"평소에 너흰 나한테 애 취급 좀 그만해달라면서! 그래, 그래! 이젠 다 컸다! 어른이야, 어른!"

"지금 그게 문제가 아니잖아요?! 그런 억지 논리로 얼버무리려고 하시지 말라구요!"

이불을 머리부터 뒤집어쓴 글렌과 그것을 뺏으려는 시스티나의 맹렬한 배틀이 전개된 순간.

"선생님…… 상황은 생각보다 심각해요."

루미아가 따스하면서도 엄격한 어조로 말을 꺼냈다.

"그…… 카슈 군과 웬디가 본 「목 없는 기사」의 정체는 알 수 없지만, 누군가가 교내에 침입한 건 사실이에요. 그러니 어서 애들을 모으지 않으면 돌이킬 수 없는 사태가 벌어질지도……."

"그, 그랬었지……."

그러자 글렌은 조금이나마 안정을 되찾았는지 이불 안에서 몸을 일으켰다.

"좋아! 그럼 교내와 수면실을 돌아다니면서 애들을 여기로 모아보자!"

"마, 맞아요! 흩어져 있는 것보다 뭉치는 편이 낫겠죠!"

"그래. 그리고 이 태풍 속에서 밖으로 도망치는 건 불가능하고, 만약 어두운 밖에서 습격당하면 잠깐도 못 버틸 거야. 하지만 아침이 되면 태풍도 그칠 테고 지원도 요청할 수 있어! ……그럼 할 일은 정해졌군."

"예, 선생님!"

글렌의 선언에 시스티나가 고개를 끄덕였다.

그리고 글렌은 진지한 표정으로 시스티나의 어깨를 두드리며 먼 곳을 응시하고 말했다.

"그렇게 됐으니 넌 애들을 찾으러 가봐. 난 여기 남아서 가만히 있을 테니까. 알겠지?"

"예, 선생님! ……예?"

시스티나는 반사적으로 대답했지만, 곧 뭔가 이상하다는 것을 깨달았다.

"《선생님이·움직이시지 않으면·어쩔 거예요》오오오오오오오오!"

"으갸아아아아아아아아아아아아아아아아아아아악?!"

시스티나가 즉흥 개변한 【게일 블로】에 날아간 글렌의 몸이 벽에 처박혔다.

————.

뚜벅, 뚜벅, 뚜벅…….

서관 복도에 울리는 소리.

글렌, 시스티나, 리엘의 발소리다.

세 사람은 손끝에 맺힌 마술광을 의지해 어두운 복도를 조금씩 나아갔다.

수면실에 있는 학생들과 뿔뿔이 흩어진 학생들을 데려오기 위해 건물 내부를 탐색 중인 것이다.

"저기, 선생님……? 지금 본인의 모습이 어른으로서 좀 문제가 있다고 생각하진 않으세요?"

하지만 곧 최후미에 있던 시스티나가 게슴츠레한 눈으로 지적했다.

뒤에서 리엘의 양어깨를 움켜잡은 글렌이 앞으로 떠미는

듯한 자세로 엉거주춤 걷고 있었기 때문이다. 솔직히 말해 한심했다.

"바보야, 아니거든?! 이거야말로 전술적이면서도 합리적인 배치야!"

글렌은 울컥해서 고개를 돌리고 반박했다.

"이건 말이지. 이른바 스리 맨 셀·원 유닛 편성의 돌격 화살형(스트라이크 애로) 진형이라고!"

"스트라이크 애로?"

"음. 우리 중에서 가장 방어력이 뛰어난 리엘을 방패로 선두에 세우고 뒤에서의 기습을 대비해 하얀 고양이를 버리는 패인 최후미에 배치하는 진형이지."

"지금 도저히 흘려들을 수 없는 단어가 들린 거 같은데요?"

"즉, 정중앙에 있는 내가 가장 안전한 매우 전술적이면서도 합리적인 진형……."

"적당히 좀 하세요! 이제 한심한 짓거리 좀 그만하라구요!"

시스티나가 고양이처럼 글렌의 등을 마구 할퀴어댔다.

"아야야야야얏! 아파!"

"애초에 리엘, 넌 또 왜 얌전히 선생님이 방패가 되는 거니? 너도 불평 좀 해!"

"응……. 그래도……."

그러자 리엘은 고개를 돌려 글렌을 무표정으로 올려다보았다.

"글렌. 내가 방패? 가 되면…… 기뻐?"

"기뻐☆ 죽지!"

글렌은 엄지를 척 세우고 시원스러운 미소로 대답했다.

"여태껏 내추럴 본 파괴신인 네 뒤치다꺼리를 하느라 고생만 했는데…… 오늘만큼 네 존재가 믿음직하게 느껴진 적은 없었어!"

"그래……? 나…… 글렌한테 도움이 된 거야?"

"그래. 네가 이렇게 내 곁에 있어줘서…… 정말 다행이야."

"응……."

평소에는 표정에서 전혀 감정을 읽을 수 없는 리엘이지만, 지금은 익숙한 사람이라면 겨우 알아볼 수 있을 정도로 수줍어하며 뺨을 붉혔다.

"그렇게 말해주니…… 응. 왠지 나…… 기뻐."

"내 방패가…… 되어주는 거지?"

"응. ……열심히 할게."

무한한 신뢰가 담긴 글렌의 말에 리엘은 힘차게 고개를 끄덕였다.

"이 쓰레기 교사가……!"

"끄억?! 항복! 항보옥!"

시스티나는 글렌의 목에 슬리퍼 홀드를 걸었다.

"솔직하고 착한 리엘을 이용하기 쉬운 여자처럼 부려먹으려고 하지 마세요! 리엘을 방패로 삼는 건…… 제 눈에 흙이 들어가기 전엔 절대로 용납 못 해요!"

"아, 알았다. 어쩔 수 없구만. 네가 그렇게까지 말한다면야……."

그러자 이번에는 시스티나의 두 어깨에 손을 얹더니 그녀를 앞으로 떠밀었다.

"네가 그렇게까지 내 방패가 되고 싶어 할 줄은 몰랐군. ……널 제쳐두고 리엘을 방패로 삼아서 미안하다."

"방패 역할이 부러워서 한 말이 아니거든요?! 아니, 그보다 버리는 패나 방패나 그게 그거잖아요!"

어리둥절해하는 리엘 앞에서 두 사람은 한동안 시끄럽게 말다툼을 벌였다.

"정말이지! 지금 이러고 있을 때가 아닌데!"

시스티나는 짜증스럽게 머리를 쓸어 올렸다.

"빨리 애들을 찾아서 담화실에 모여야 하는데!"

그렇다. 현재 담화실에는 루미아, 카슈, 웬디가 남아 있었다.

완전히 겁에 질린 카슈와 웬디가 거기서 한 발짝도 나가기 싫다고 반대했기 때문이다.

그래서 담화실 안에 단절 결계를 설치하고 루미아에게는 그 둘을 지켜봐달라고 부탁했다.

"뭐, 루미아도 그리 전투 적성이 높은 편은 아니고 아무리 유령이라도 그 결계를 뚫는 건 불가능해. 아아, 나도 남고 싶었는데……."

"또! 또!"

시스티나는 어깨를 힘없이 늘어트린 글렌을 타박했다.

"아니, 그보다 선생님. 오늘은 대체 왜 이러세요? 선생님이 유령을 무서워하시는 건 알지만, 아무리 그래도 이건 좀……."

"뭐어?! 따, 딱히 난 유령 따윈 하나도 안 무섭거든?!"

"그건 이제 됐으니까요……."

"다만……."

글렌은 정말 난감한 듯 머리를 감싸 쥔 채 한숨을 내쉬었다.

"그, 뭐냐. 그거야. 목 없는 기사…… 응. 목 없는 기사만은 아주 조오오오오오금이지만, 거북하달까?"

왠지 시원스럽지 못한 글렌의 말투에 시스티나는 고개를 갸웃했다.

"이 위대한 글렌 레이더스 초선생님쯤 되면 목 없는 기사 따윈 손가락 하나로 해치우고 싶은 게 솔직한 심정인데…… 그, 어릴 때 아주 조오오오오오금이지만 트라우마가 될 만한 일이 있어서 말이지."

"예?"

"좀비나 유령…… 뭐, 그런 거라면 그나마 괜찮지만…… 목 없는 기사만은…… 그게 좀. 아하, 아하하하하하……."

메마른 웃음을 흘리는 글렌은 새파랗게 질린 얼굴로 식은 땀만 흘리고 있었다.

이유는 알 수 없지만, 아무래도 그에게는 『목 없는 기사』

가 그만큼 공포스러운 존재였던 모양이다.

그런 기묘한 글렌의 반응에 시스티나는 난처한 듯 살짝 뺨을 긁적이고 말했다.

"아, 아무튼! 지금은 애들을 찾는 걸 서두르죠!"

"그, 그래……."

"응."

그리고 셋은 길게 뻗은 복도를 따라 발걸음을 옮겼다.

한편, 같은 시각 담화실.

"선생님 쪽은 괜찮으시려나?"

루미아는 걱정스러운 눈으로 창밖을 바라보았다. 세찬 빗줄기는 전혀 그칠 낌새가 없었다.

결계는 제대로 작동하고 있으니 악의를 가진 제삼자는 이 공간에 들어올 수 없다. 즉, 이곳이 안전지역이 되는 셈이다.

실내를 흐릿하게나마 비추는 촛불. 완전히 의기소침한 얼굴로 방구석에 웅크리고 있는 카슈와 웬디.

"목 없는 기사라……. 왠지 현실감이 없네."

정신력이 강한 루미아도 왠지 불안한 한숨을 내쉴 수밖에 없었다.

그리고 마음속으로 글렌 일행과 사라진 학생들의 무사를 기원한 순간.

훅, 하고 방 안의 촛불이 꺼졌다.

"어?"

바로 방 안이 새카매졌다. 흐릿하지만 빛에 익숙해져 있던 루미아의 눈에 칠흑 같은 어둠의 장막이 덧씌워졌다.

전혀 아무것도 보이는 게 없었다.

"어, 어째서? 왜 조명이 꺼진 거지?"

하지만 루미아는 이 갑작스러운 사태에 당황하면서도 즉시 행동을 개시했다.

"카슈 군! 웬디! 무사해?"

어째선지 대답이 없었다.

"우선 불부터 켜야……《비추어라 등불·내 손끝에…….."

그리고 루미아가 흑마【토치 라이트】를 영창하려 한 순간, 누군가가 뒤에서 입을 틀어막았다.

"읍~?!"

눈을 크게 뜨고 저항했지만, 온몸이 단단히 붙잡혀서 꼼짝도 할 수 없었다. 소리조차 지를 수 없었다.

'누구?! 대체 무슨 수로 이 결계 안에 들어온 거야?!'

입가를 막은 손에는 헝겊이 들려 있었다. 거기 묻은 약물이 그녀의 의식을 단숨에 빼앗았다.

'서, 선생님! 선생…….'

새카만 어둠 속에서 루미아는 전혀 저항할 수 없었고 그대로…….

"이, 이럴 수가…… 젠장!"

그 광경을 직면한 글렌은 아연실색할 수밖에 없었다.

쓸데없이 넓은 실내를 조심스럽게 이동해가며 간신히 도착한 수면실 문을 연 순간.

휘오오오오오오오오오!

활짝 열린 맞은편 창문. 날아든 비바람 때문에 엉망으로 젖은 실내. 그리고 좌우에 늘어선 3단 침대 위에는 아무도 없었다.

분명 이 방에는 약 열 명의 남학생이 잠시 수면을 취하고 있었을 터. 이건 명백한 이상 사태였다.

"다, 다 같이 화장실……에 간 건 아니겠지?"

"그, 그럴 리……는 없겠죠?"

쥐어짜 낸 글렌의 목소리에 시스티나도 굳은 목소리로 대답했다.

방 안의 짐과 이불들이 엉망으로 흩어져 있는 것만 봐도 명백히 「갑자기 난입한 무언가로부터 달아나려 한 상황」이었음을 쉬이 추측할 수 있었기 때문이다.

"제, 제길……!"

"앗, 선생님!"

글렌이 뛰쳐나가자 시스티나와 리엘도 그 뒤를 따랐다.

목적지는 여학생들이 자고 있는 수면실이었다.

"야, 너희들! 무사해?!"

평소였다면 절대로 해선 안 될 행동이었지만, 글렌은 노크도 하지 않고 문을 활짝 열어젖혔다.

"……?!"

그리고 다시 숨을 삼켰다.

상황은 남자 쪽 수면실과 똑같았다. 활짝 열린 창문. 쏟아지는 비바람. 그리고 텅 비어있는 침대.

뒤따라온 시스티나와 리엘도 아연실색한 글렌 너머에 있는 참상을 목격했다.

"거짓말…… 이쪽 방도 아무도 없어?!"

"다들 어디에 간 거야……?"

"하, 하하하…… 이건…… 진짜 심각한걸."

이 상상을 초월한 사태에 글렌 망부석처럼 우두커니 서 있을 수밖에 없었다.

그 후로 글렌 일행은 서관 내부를 샅샅이 뒤졌다.

하지만 학생들은 어디에도 없었다.

대체 그들은 어디로 사라진 것일까. 정말로 목 없는 기사에게 끌려가버린 걸까?

상황은 아무것도 해결되지 않은 채 시간만 하염없이 흘러갔다.

하지만 밖의 태풍은 여전히 그칠 낌새가 없었고 아침이 오는 건 한없이 멀게만 느껴졌다.

"지, 진짜 뭐가 어떻게 된 거지? 정말 목 없는 기사가 애들을 납치해갔다는 거야?!"

글렌은 머리를 부둥켜안았다.

"아, 아아아…… 거짓말이지? 그, 그럼 역시 내가 처음에 본 그건…… 으으으으으으."

"정말이지! 표정이 그게 뭐예요?! 선생님답지 않게!"

그러자 시스티나가 그런 한심한 글렌을 강한 말투로 타박했다.

"아무튼! 일이 이렇게 된 이상 어쩔 수 없죠. 일단 담화실로 돌아가요. 슬슬 걱정하고 있을 테니까요."

"그, 그래……."

글렌이 새파랗게 질린 얼굴로 흐느적흐느적 일어선 순간, 리엘에 여느 때와 다름없는 무표정으로 글렌의 등을 콕콕 찔렀다.

"어, 왜? 리엘."

"화장실 가고 싶어……."

이런 상황인데도 참 그녀다웠다.

"참아……."

"쌀 거 같아."

"그럼 싸."

따악!

시스티나가 글렌의 뒤통수를 어디선가 꺼낸 책으로 후려

쳤다.
"그게 여자한테 할 말이에요?!"
"미, 미안. 나 원, 어쩔 수 없구만……."
떨떠름한 얼굴로 복도를 살핀 글렌은 구석을 장식하고 있는 항아리를 발견했다.
그리고 그것을 리엘 앞에 쿵! 하고 내려놓았다.
"자."
"자는 무슨?!"
시스티나는 글렌의 넥타이를 당겨서 목을 콱 조여 버렸다.
"응……."
"너도 당당하게 여기서 팬티 내리려고 하지 마! 수색은 일단 중지하고 화장실부터 찾으러 갈 테니까!"

그렇게 해서 일행은 리엘을 위해 여자 화장실 앞까지 이동했다.
"자, 리엘. 화장실이야."
"응."
시스티나가 손짓하자 리엘은 여자 화장실로 들어갔다.
"그럼 선생님. 리엘은 제가 보고 있을게요."
그렇게 말한 시스티나도 여자 화장실로 들어갔다.
"아, 그래. 부탁하마."
그렇게 말한 글렌도 여자 화장실로 들어간 순간.

"《정신없는·틈을 타서·대체 뭘 하시는 거예요》오오오오오오오오오오오오!"
"우어어어어어어어억?!"
시스티나가 일으킨 돌풍이 글렌을 화장실 밖으로 내동댕이쳤다.

"날 혼자 두지 말라고! 교사를 대체 뭐라고 생각하는 거야?!"
여자 화장실 앞에서 글렌은 가만히 있지를 못하고 주위를 두리번거렸다.
밖의 폭풍은 더 거세진 건지 비바람이 창유리와 벽을 두드리는 소리가 시끄럽게 느껴질 정도였다.
"으아아, 젠장. 제길! ……진짜 왜 하필 나한테 이런 일이 일어난 거냐고오~!"
사실 글렌은 목 없는 기사를 처음 목격한 순간부터 완전히 공황 상태에 빠져 있었다.
냉정히 따지고 보면 이건 학생들의 위기다. 교사인 자신이 솔선해서 해결해야만 하는 상황이지 겁에 질려 떨고 있을 때가 아니었다.
"으아아아아아, 상대가 목 없는 기사만 아니었다면~!"
실제로 글렌이 유령을 무서워하는 건 엄연한 사실이다. 특히 목 없는 기사를 무서워했다. 그 이유는…….
"에잇, 젠장! 정신 차려! 언제까지 트라우마에 사로잡혀 있을 건데! 어릴 때 본 그건 꿈이나 환각이었을 거라고! 그래, 난 괜찮아! 괜찮아! 괜찮아!"

마치 기도하는 것처럼 자기 암시를 반복했다.

그러자 가혹한 군 시절을 통해 쌓은 담력과 배짱이 겨우 제 기능을 되찾기 시작했다.

"좋았어!"

글렌은 두 뺨을 짝! 소리가 나게 때리며 기합을 넣었다.

'사라진 학생들은 교사인 내가 반드시 구해내고 말겠어!'

그렇게 새로운 사명으로 가슴을 불태운 순간, 문득 의문이 떠올랐다.

"저 녀석들…… 너무 오래 걸리는 거 아냐?"

리엘과 시스티나가 여자 화장실에 들어간 지 꽤 긴 시간이 지났다. 여자가 남자에 비해 화장실을 오래 쓴다는 점을 감안해도 이건 너무 길었다.

"……."

그 사실을 인식한 순간, 가슴 속의 불꽃이 확 쪼그라들고 식은땀이 등을 타고 흘러내렸다.

"야, 하얀 고양이……? 리엘……?"

이름을 부르며 화장실 문을 똑똑 두드렸다.

대답은 없었다.

"이봐~ 얘들아! 아직 멀었어?!"

쾅! 쾅! 쾅!

꽤 큰 목소리로 부르며 강하게 문을 두들겼다.

……역시 대답은 없었다.

"……."

불길한 예감에 심장이 비명을 질렀다.

그리고 그 예감이 거의 확신으로 변한 순간.

"시스티나! 리엘!"

글렌은 여자 화장실 문을 발로 걷어찼다.

터엉!

그러자 안쪽에 달린 창문에서 강렬한 비바람이 정면에서 글렌을 두들겼다.

"아앗?!"

마치 당연한 것처럼 시스티나와 리엘의 모습은 화장실 안에 없었다.

"마, 말도 안 돼……! 거짓말이지?"

잇따라 직면한 무시무시한 현실 앞에서 뇌내 처리 능력이 한계를 돌파해버린 글렌은 그 자리에 넋을 잃고 서 있을 수밖에 없었다.

"……."

글렌은 비틀거리며 담화실로 돌아왔다.

일종의 예감과 확신이 있었지만, 방 안에는 역시 아무도 없었다.

루미아도, 카슈도, 웬디도 홀연히 종적을 감추고 말았다.

"으아아아아아아아아아! 대체 뭐냐고! 어, 어어어, 어쩌면 좋지?! 이걸 대체 어쩌면……! 아으으으으으으……."

글렌은 어두컴컴한 담화실에서 머리를 감싸 쥔 채 몸을 웅크렸다.

결국 혼자만 남았다. 더는 얼버무릴 수 없는 공포가 전신을 지배했다.

심장이 경종을 울리는데도 머리는 산소 결핍 때문에 제대로 된 사고를 할 수 없었다.

"위험해. 이건 진짜 위험해. 어, 어쩌면 좋을지 하나도 모르겠어! 그 녀석들 진짜 어디로 간 거야?! 정말로 목 없는 기사한테 전부 납치당한 거야?!"

아무것도 할 수 없이 담화실에서 홀로 공포에 떠는 사이.

철컹…….

뭔가 금속이 울리는 것 같은 소리가 희미하게 들리는 듯했다.

"……?"

글렌이 귀를 기울이자.

철컹…… 철컹…… 철컹…….

그 금속음은 담화실 밖에서 들렸고 조금씩 이리로 가까워지고 있었다.

아무래도 무언가의 발소리인 듯했다.

"……?!"

뭔가가 오고 있다. 아마 글렌이 처음에 창문에서 본 목 없는 기사이리라.

공포와 절망이 전신을 지배했다. 몸이 부들부들 떨리고 숨이 막혔다.

"히, 히이이이이이이이익……."

그러는 사이에도 발소리는 일정한 리듬으로 가차 없이 다가왔다.

철컹!

그리고 문 바로 너머에서 일단 정지했다.

끼이이이이익 하고 문이 서서히 열린다.

새카만 어둠 너머에서 드러난 그 모습은…… 목 없는 기사였다.

"……?!"

비명을 지른 줄 알았다.

그 모습을 이렇게 가까운 데서 직면했을 때, 글렌은 분명 있는 힘껏 비명을 지를 것이라 생각했다.

하지만 자신의 입 밖으로 튀어나온 말은 본인도 예상치 못한 것이었다.

"야, 너. 내 학생들을 어디다 치웠냐?"
어느새 전신의 떨림과 산소 결핍 증상은 거짓말처럼 사라져 있었다.
그 대신 온몸을 불태우는 듯한 사명감과 투지가 솟구쳤다.
"이 자식이…… 내 학생들을 내놔! 그건 내가 지켜야 하는 녀석들이라고!"
글렌은 자연스럽게 권투 자세를 취하며 목 없는 기사와 당당하게 대치했다.
"동귀어진을 해서라도…… 그 녀석들을 되찾고 말겠어!"
물론 불안과 두려움은 있었다. 하지만 그 이상으로 지금은 자신이 해야만 하는 일이 있었다.
그런 뜨거운 감정이 등을 밀어준 덕분에 겨우 평소의 정신 상태로 돌아온 글렌이 주먹을 쥐고 목 없는 기사에게 달려든 바로 그 순간.

"자…… 잠깐! 잠깐만요!"

실내의 조명이 들어오더니 한 소녀가 목 없는 기사의 옆을 지나 담화실로 뛰어 들어왔다.
시스티나였다.
"어……? 엥? 하얀 고양이?"
주먹을 쥔 채 어리둥절해하는 글렌에게 그녀는 한숨을 내쉬며 말했다.

"나 참…… 왜 막상 위기만 닥치면 진심 모드가 되는 걸까? 뭐, 좀 기쁘긴 했지만……."

"정말이지…… 다들 너무해."

왠지 토라진 듯한 루미아도 들어왔고.

"이야~ 선생님, 고생하셨슴다!"

이어서 카슈를 필두로 사라졌던 학생들이 줄지어 들어왔다.

"뭐가 어떻게 된 거야……?"

사태를 파악하지 못한 글렌이 갈 곳을 잃은 주먹을 쥔 채 서 있자 카슈가 눈앞에서 간판을 들었다.

거기에 써 있는 글자는…….

『몰래카메라☆대성공』

————.

"야, 이 망할 자식들아아아아아아아아아아아아아아아아아아!"

모든 것은 요즘 들어 완전히 해이해진 글렌을 긴장하게 만들기 위한 작전이었다는 진상을 들은 순간, 글렌은 울먹이며 외칠 수밖에 없었다.

"무서웠거든?! 진짜 진심 무서웠거든?!"

"자자, 너무 그렇게 화내지 마세요. 애들 장난이잖아요!"

시스티나가 히죽거리며 글렌을 진정시켰다.

??
?
몰래카메라
대성공

"죄, 죄송해요. 선생님. ……저도 알았으면 최선을 다해 말렸을 텐데."

루미아는 미안한 눈으로 사과했다.

아무래도 2반에서 이번 계획을 몰랐던 건 그녀뿐이었던 모양이다. 학생들 말로는 루미아는 너무 착실해서 이런 연기에 맞질 않는다나 뭐라나.

"그래도 너무해. ……나까지 속일 것까진 없잖아."

루미아는 풀이 죽었다.

"미안해요, 루미아. 하다 보니 좀 재밌어져서."

"속는 사람이 한 명쯤 더 있어야 선생님도 걸려들겠다 싶었거든. 미안!"

웬디와 카슈가 전혀 미안하지 않은 얼굴로 사과했다.

"뭐, 그렇게 해서 폭풍우 치는 밤에 출현한 기사가 애들을 조금씩 납치해서 차례차례 사라져가는 「계획」이었던 셈이죠! 때마침 마술학원의 기상 점술에서 태풍이 온다는 정보도 있었구요!"

"나 원 참…… 어쩐지 나랑 비슷할 정도로 유령을 싫어하는 네가 묘하게 침착하다 싶더라니……."

우쭐대는 시스티나에게 글렌이 투덜댔다.

"그리고 그런 선생님을 반응을 저희는 어딘가에서 다 같이 원견 마술로 쭉 지켜봤는데……."

"풋! 선생님도 참. 반응이 정말 하나도 빠짐없이 재밌으셔서…… 웃음이 나오는 걸 참느라 혼났답니다!"

학생들은 즐겁게 웃고 있었다.

"그래도 마지막에는 좀 뭉클했지?"

"그러게요."

"벌벌 떨기만 하다가…… 막상 눈앞에 적이 나타났을 땐 목숨 걸고 우리를 구해주려고 한다든가?"

시스티나는 실실 웃으며 글렌을 힐끔 쳐다보았다.

"이 녀석들은 정말……."

하지만 글렌은 속았다는 것보다 학생들이 모두 무사하다는 점이 더 크게 다가왔는지 성대한 한숨을 내쉬며 머리를 긁적였다.

"이런 시시한 장난이나 꾸며대기는…… 이젠 두 번 다시 하지 마라? 이 장난꾸러기들아."

"예~. 그런데 선생님은 목 없는 기사를 왜 그렇게 무서워하시는 거예요?"

시스티나는 별생각 없이 한 말이었다.

"그러고 보니 우린 좀 더 이른 단계에서 들통날 줄 알았는데 말이지."

"그보다 끝까지 들키지 않았다는 것 자체가 예상외였어요."

다른 학생들도 저마다 비슷한 의문을 품은 모양이었다.

그러자 글렌이 입을 열었다.

"난 어릴 때 실제로 목 없는 기사와 마주친 적이 있거든."

"예?"

시스티나가 굳어버렸다.

"그게 트라우마가 돼서 말이지……. 목 없는 기사만큼은 아직도 무리야."

"아하하, 선생님도 참. 농담도."

"거기다…… 자료를 가지러 갔을 때 창밖에서 목 없는 기사의 모습을 보고 트라우마가 발작해서, 그 시점부터 완전히 맛이 가버렸지 뭐냐."

"예……?"

이번에는 시스티나뿐만 아니라 학생 전원이 굳어버렸다.

"지금 돌이켜 보면 그것도 너희 짓이었던 거지? 진짜 쓸데없이 철저하기는……."

글렌은 그저 어이가 없을 따름이었다.

"으, 으음…… 우리 계획 중에 그런 게 있었던가?"

"아, 아닐걸? 아니, 애초에 이 태풍 속에서 갑옷을 입고 밖에 나가는 건 완전 자살행위잖아."

약간 낯빛이 창백해진 학생들은 동요한 표정으로 서로의 얼굴을 마주 보았다.

그런 학생들의 반응에 글렌은 어이가 없다는 듯 한숨을 내쉬었다.

"참 나…… 아직도 안 끝난 거야? 이젠 지긋지긋하니까 그만 좀 하자 제발."

그리고 구석에 가만히 서 있는 목 없는 기사에게 다가가 갑옷을 톡톡 찔렀다.

"야, 너. 애들 말대로면 안에 있는 건 리엘이지? 자, 얼른 그거나 벗어. 언제까지 목 없는 기사 흉내를 내고 있을 거야?"

글렌이 몇 번이고 갑옷을 찔렀지만, 반응은 없었다.

"후우~ 그러니까 이제 그만 좀 하자고……."

그리고 어이없는 표정으로 기사의 갑옷을 벗기려 한 순간.

철컥하는 소리와 함께 담화실 문이 열렸다.

"응. 애들아 미안. 갑옷…… 입기 어려워서 지각했어."

문 너머에는 또 다른 목 없는 기사가 서 있었다. 갑옷을 얼기설기 입은 탓에 전체적으로 볼품없는 인상이었다.

그 새로이 등장한 목 없는 기사가 뭔가를 중얼거리자 마술로 투명해졌던 리엘의 머리가 빈 공간에 나타났다.

"응. 무겁지는 않은데 이거 더워…… 응? 다들 왜 그래?"

""""……….""""

압도적인 침묵이 주위를 지배했다.

다들 입을 다문 채 리엘과 구석에 서 있는 목 없는 기사를 번갈아 쳐다보았다.

"음~ 그럼 이건…… 누구시죠?"

글렌이 조심스레 물었지만, 목 없는 기사는 대답하지 않았다.

학생들도 그저 말없이 새파랗게 질린 채 우두커니 서 있었다.

하지만 그들의 눈은 이렇게 말하고 있었다.

—우리는 그런 사람 모른다고.

"자, 잠깐잠깐. 농담이지? 이거 너희들 중 하나잖아? 아직도 날 놀리는 게 모자라? 그만 좀 하자 진짜!"

글렌도 핏기가 가신 얼굴로 외쳤다.

"어차피 너희가 부른 협력자겠지! 이젠 다 끝이야! 끝! 그러니 너도 얼른 그 변장부터 풀어!"

공허한 외침과 동시에 기사의 어깨를 확 잡아당긴 글렌은 갑옷 속을 들여다보았다.

"헉……."

하지만 거기에 존재하는 것은 「절단면」뿐이었다.

글렌뿐만 아니라 학생들도 그것을 두 눈으로 똑똑히 목격한 다음 순간.

어째선지 조명이 꺼지고 주위가 어둠에 잠겼다.

그리고 목 없는 기사가 푸르스름한 빛을 어슴푸레 발하기 시작하자 주위의 기온이 단숨에 내려갔다.

"어? ……어어?"

"혹시, 설마……?"

어안이 벙벙한 일행 앞에서 목 없는 기사가 천천히 검을 빼서 세워 든 순간 밖에서 천둥이 쳤고 눈부신 섬광으로 어둠 속에서 완전히 윤곽을 드러낸 기사가 처음으로 보인 행동은, 다름 아닌 그들을 향해 가차 없이 덤벼드는 것이었다.

"""꺄아아아아아아아아아아악?! 나왔다아아아아아아아아!"""

공황 상태에 빠져서 담화실에서 뛰쳐나온 글렌과 학생들은 그대로 개미처럼 뿔뿔이 흩어져서 달아났다.

"……."

그리고 더 이상 아무도 없는 담화실에는 목 없는 기사가 서 있었다.

한동안 미동조차 하지 않았던 그것이 이윽고 뭔가를 작게 중얼거렸다.

"후우……."

그러자 목 없는 기사의 모습이 일그러지며 한 여성의 모습으로 변화했다.

"나 원, 이제야 좀 조용해졌군."

그 정체는 놀랍게도 세리카였다.

환술로 목 없는 기사로 변신했던 것이다.

"참 나, 아무리 밤샘 실험이라지만 젊은것들이 저리 시끄럽게 굴면 살 수가 있나. 서관 숙직 당번인 내가 잠을 잘 수가 없잖아."

세리카는 어깨를 으쓱이며 담화실을 뒤로했다.

"그건 그렇고 목 없는 기사로 변신한 건 오랜만이군. 역시 아이들 교육에는 이게 최고란 말씀이야? 큭큭큭……."

의미심장하게 웃은 그녀는 느긋하게 오늘 묵을 숙직실로 이동했다.

"왠지 그리운걸. 언제였더라? 아직 어렸던 글렌에게 반항기가 왔을 때…… 밤에 내가 이걸로 변신해서 놀라게 한 적이 있던가? ……후훗, 세월 참 빨라."

그런 그리운 추억에 잠긴 세리카는 겨우 조용해진 주위에 만족스럽게 고개를 끄덕인 후 작게 하품을 했다.

훗날.

알자노 제국 마술학원 서관에는 폭풍우 치는 밤마다 목 없는 기사가 교내를 배회한다는 그럴싸한 괴담이 정착되지만, 그건 또 별개의 이야기이리라.

이름 없는 뷰티풀 데이

The Nameless Beautiful Day

Memory records of bastard magic instructor

그곳은 소우주. 별들이 반짝이는 듯한 빛 입자들이 대해를 이루어 일렁이는 심연의 세계였다.

그런 장소에 작은「집」한 채가 외딴섬처럼 외로이 떠 있었다.

당연히 현실에 존재하는 집은 아니었다.

외우주. 또는 꿈과 현실의 틈새. 혹은 의식과 무의식의 경계라 불리는 개념 위에 만들어진「그녀」의 영역이었다.

그 누구도 출입을 불허하는「그녀」의「그녀」에 의한「그녀」를 위한 신성불가침의 성역.

"뭐야 이거. 왜 이리 재미없는 건데."

그런「집」안에서 그 영역의 주인인「그녀」, 남루스는 지금 왠지 몹시 언짢아 보였다.

천개가 달린 침대 위에 엎드린 자세로 누운 그녀가 지금 읽고 있는 것은 한 권의 책이었다.

평소의 그녀는 이「집」안에서 남몰래 은둔 생활을 보내고 있지만, 가끔 시간 때우기로 현실 세계에 얼굴을 내밀 때가 있었다.

그 책은 그럴 때 시스티나의 장서 중 하나의 존재 정보를 복제하고 보존해서 이「집」안에 재현한 것이었다.

"뭐가 뭔지 전혀 모르겠어. 시시해."

그건 그렇다 치고 남루스는 오늘 따라 기분이 좋지 않았다.

"왜 얘들은 고작 상대와 닿거나 손을 잡은 정도로 일일이 가슴을 콩닥거리고 있는 건데? 시시해."

그녀가 읽고 있는 책은 일상 속에서 솔직해지지 못하는 남녀의 알콩달콩한 연애를 주로 묘사한 연애 소설이었다.

데이트를 반복해서 조금씩 서로와 마음이 가까워지는 것이 메인 스토리다.

"뭐야. 왜 얘들은 일일이 마음속으로 상대에게 들리지도 않는 독백만 나불대는 건데? 눈치채달라니, 무슨 초능력자도 아니고. 그런 건 말로 하지 않으면 전해질 리 없잖아. 하고 싶은 말이 있으면 직접 눈을 보고 확실히 말할 것이지. 아, 읽으면 읽을수록 속이 답답해. ……진짜 시시한 책이네."

남루스는 혼자 투덜거리며 게슴츠레한 눈으로 문장을 훑고 페이지를 넘겼다.

"흐응~ 우여곡절 끝에 겨우 데이트네? 남자랑 여자가 같이 놀러가는 것뿐인데 왜 이 여잔 이렇게 허둥대는 걸까? 이해가 안 돼. 진짜 시시한 책이라니까?"

투덜거리면서도 계속 책장을 넘겼다.

"애초에 이 여잔 너무 수동적이라 짜증 나. 데이트도 전부 남자가 계획을 짜는 게 당연하다고 생각하는 거 아냐? 당황한 건 알겠지만, 하다못해 희망 사항 정도는 말하라구. 희망 사항 정도는. 시시해."

한숨을 내쉬며 투덜거리면서도 남루스는 다음 페이지를

넘겼다.

그러는 사이에 책 속에서는 어느덧 날이 저물어 밤이 되었고 연인들의 즐거운 데이트도 막을 내리게 되었다. 그렇게 히로인이 오늘은 그만 돌아가자고 작별 인사를 하려는 순간, 남자 쪽이 갑자기 손을 잡고 귓가에 이렇게 속삭였다.

—오늘 밤은 조금만 더 너와 함께 있고 싶어.

그러자 평소에는 줄곧 둔감했던 히로인은 왜 이럴 때만 눈치가 빠른 건지 얼굴을 새빨갛게 붉히며 고개를 끄덕이곤 남자와 함께 밤거리를 걷기 시작했다.

"어머나."

남루스는 어이가 없다는 듯 눈을 더 가늘게 뜨고 페이지를 넘겼다.

예상대로 히로인이 남자가 잡아끄는 대로 함께 호텔에 들어가는 전개가 되었다.

소녀 취향의 연애 소설이다 보니 직접적이고 적나라한 표현 없이 히로인의 불타오를 듯한 사랑과 연심 묘사를 중심으로 한 깔끔하고 추상적인 표현으로 얼버무렸지만, 대체 뭘 한 건지는 독자층의 나이에 맞는 올바른 성 지식만 있으면 충분히 눈치챌 수 있는 장면이었다.

"하아…… 시시해."

남루스는 성대한 한숨을 내쉰 후 문장 하나하나를 똑똑히 눈에 새기며 페이지를 넘겼다.

"단순한 발정기를 잘도 이렇게 거창하게 표현하네? 여자 쪽도 뭐가 「이런 데 온다는 말은 못 들었어~!」고 뭐가 「안 돼~!」라는 건데? 그야 남녀가 호텔에서 할 일이라곤 하나밖에 없고, 입으로는 안 된다면서 결국 도망치지 않는다는 건 결국 본인도 할 의욕이 넘친다는 거잖아. 태클 걸 데가 너무 많아서 시시해."

이윽고 실컷 사랑을 나눈 두 연인이 침대 위에서 서로를 껴안으며 행복한 키스를 나누는 묘사로 이야기는 막을 내렸다.

"아~ 하나도 재미없어."

책을 탁! 소리가 날 정도로 덮은 남루스가 보존해둔 정보를 해방하자, 책이 빛의 입자로 변해 허공으로 천천히 흩어졌다.

"딱히 할 것도 없고 심심해서 나도 모르게 처음부터 끝까지 다 읽어버렸는데…… 진짜 시간 낭비였네."

남루스는 침대 위에서 몸을 굴려서 천장을 올려다보았다.

"이런 책을 읽으면 인간을 좀 더 잘 이해할 수 있을 줄 알았는데…… 하긴 이런 시시한 책이 참고가 될 리 없잖아."

사실 그녀는 인간이 아니다.

본질을 외우주에 둔 개념 존재, 혹은 어떤 거대한 존재의 분령에 가까운 신비한 존재였다.

그런 연유로 그녀는 인간의 감정에 둔감했고 본인 또한 그 사실을 자각하고 있었다.

그래서 이렇게 조금이라도 이해해보려고 노력하는 중이었지만, 아직까지 큰 성과는 없었다.

"뭐, 책 지식만으론 안 된다는 거겠지. ……흠, 그럼 어떻게 할까."

남루스는 위를 올려다본 채 멍하니 생각에 잠겼다.

재미는 없었지만, 어째선지 머릿속에 선명히 새겨진 책의 내용을 처음부터 끝까지 곰곰이 되새겼다.

"데이트. 데이트란 말이지……."

그러다 문득 책에서 나온 연인들의 모습을 자신과 한 남성으로 바꿔서 상상해보았다.

"……."

그리고—.

————.

알자노 제국 마술학원의 방과 후.

"데이트으? 남루스랑?"

텅 빈 교실 안에서 글렌은 귀찮은 목소리로 되풀이했다.

"예. 선생님도 요즘 바쁘실 텐데…… 조금만 시간을 내주시면 안 될까요?"

눈앞에서는 루미아가 손을 맞잡은 채 고개를 숙이고 있었다.

"저 어젯밤에 부탁을 받았거든요. 선생님과 남루스 씨의 데이트를 세팅해달라구요."

"아니, 남루스랑 데이트라니…… 애초에 그 녀석은 실체가 없잖냐."

"그건 제가 또 하루만 몸을 빌려드리기로 했어요."

"……."

글렌은 노골적으로 인상을 찌푸렸다.

전에 루미아의 신체 주도권을 뺏은 남루스가 저질렀던 일들이 생각났기 때문이다.

당시에는 딱히 악의는 없이 그저 응석을 부리고 싶었던 것뿐이라는 것을 알고 그냥 넘어가긴 했지만 말이다.

"전에 저도 가끔은 몸을 빌려주겠다고 약속했었잖아요?"

"뭐, 그때 같은 사고는 안 칠 거라고 믿고 싶다만…… 끙~."

역시 글렌으로선 그리 마음이 내키지 않았다.

그야 그럴 만도 했다. 아무리 신비한 존재라지만, 몸은 루미아. 자신이 가르치는 학생이었기 때문이다.

그런 그녀와 데이트하는 모습을 자세한 사정을 모르는 지인에게 들켰다간 문제가 될지도 몰랐다.

"애초에 왜 나냐?"

"으음, 그게……."

루미아가 뭐라 대답해야 좋을지 말꼬리를 흐린 순간.

『조금 전부터 가만히 듣고 있자니 남자가 좀스럽게 굴기는.』

허공의 일렁임에서 잉크가 번지듯 한 소녀의 모습이 둘 앞에 나타났다.
남루스였다.
"억! 너, 있었어?!"
『아무튼 이번 휴일에 당신은 나랑 데이트해. 알겠지?』
"알기는 뭘 알아!"
『왜? 당신, 전에 이런 일이 있을 땐 또 나랑 어울려주기로 했잖아. 그건 거짓말이었어?』
"말하긴 했다만, 굳이 날 콕 집어서 데이트하고 싶은 이유 정도는 가르쳐줘! 이쪽은 너무 갑작스러워서 상황을 파악하지 못하겠다고!"
『으…… 이유?』
글렌이 그렇게 지적하자 남루스는 입을 조개처럼 다물어 버렸다.
『어라? 으음, 이유는…… 그게, 그러니까…… 저기…….』
그리고 어째선지 시선을 내리깔고 피하며 허둥댄 후.
『그, 그냥 요즘 인간에 대해 좀 더 알고 싶어진 것뿐이야. 연애는 인간의 기본 심리잖아? 그러니 그걸 흉내 내보면 조금은 인간을 알게 될까 싶어서. 그리고 루미아의 몸을 쓰는 이상 상대는 신용이 있는 당신이 적임이라는 생각이 든 것뿐이야.』
"뭐야……. 그런 거였어?"
남루스의 설명에 어느 정도 납득이 됐는지 글렌은 머리를 긁적였다.

“참 나, 그럼 그렇다고 할 것이지 왜 루미아를 시키는 건데? 하고 싶은 말이 있으면 직접 나한테 하면 되잖아.”

『시, 시끄러워. 남자라면 그 정도쯤은 알아서 눈치채라구.』

“말을 안 하면 어떻게 알아. 내가 무슨 초능력자도 아니고.”

글렌은 어째선지 토라진 남루스에게 어깨를 으쓱이며 피곤한 눈으로 물었다.

“그래서? 데이트라면 뭐 바라는 시추에이션 같은 건 없어?”

『응……?』

남루스는 다시 입을 다물고 눈을 데굴데굴 굴렸다.

『아, 아니. 난 딱히…….』

“데이트 플랜도 전부 내가 알아서 짜라는 거냐. 하다못해 희망 사항 정도는 알려주면 고맙겠다만.”

『그, 그렇게 말해봤자 나도 이런 건 처음이라 전혀 모르겠다구! 다, 당신도 남자라면 그 정도쯤은 알아서 해!』

뭔가를 얼버무리듯 남루스가 얼굴을 사납게 찡그리고 바짝 들이댔다.

『애초에 난 여태껏 당신을 많이 도와줬잖아? 그 은혜를 조금이라도 갚아주면 어디가 덧나?』

“그걸 언급하면 나야 할 말이 없다만…… 너, 혹시 이럴 땐 남자가 다 알아서 하는 게 당연하다고 생각하는 건 아니겠지?”

포기한 글렌은 이제 한숨밖에 나오지 않았다.
"후우, 그래. 알았수다, 공주님. ……그럼 이번 휴일이면 되지?"
『흐, 흥! ……뭐, 알면 됐어. 알면.』
남루스는 투덜거리며 시선을 피했다.
『그리고 모처럼 내가 인간에 대해 배우려고 하는 거니까 어중간한 건 용납 못 해. 그러니 이번 휴일 데이트에서 당신은 나에게 영원히 잊지 못할 최고의 하루를 제공할 것. 알겠어? 약속해.』
"그래, 그래. 약속할게."
어째선지 평소보다 훨씬 막무가내인 남루스의 태도에 글렌은 머리만 긁적일 수밖에 없었다.

"데, 데데데, 데이트으으?! 남루스 씨랑 선생님이?! 이, 이게 대체 무슨……?"
그리고 그런 둘의 모습을 교실 문틈 사이로 목격한 소녀들이 있었다.
시스티나와 리엘이었다.

그리고 대망의 휴일 오후.
"참 나, 그 녀석…… 느닷없이 데이트라니 억지를 부리는 것도 정도가 있지."

아침에 내린 가랑비가 그치고 거짓말처럼 맑게 갠 하늘 아래에서 글렌은 혼잣말을 중얼거리며 약속 장소인 분수 광장으로 이동했다.

거기서 루미아의 몸을 빌린 남루스와 만날 예정이었다.

"그건 그렇고 인간의 연애를 따라한다고 인간을 진정으로 이해할 수 있을 것 같지는 않은데…… 진짜 그 녀석의 머릿속은 도무지 이해가 안 가."

아무튼 자신이 남루스에게 여러 번 신세를 진 것은 사실이었으니 하라는 대로 따를 수밖에 없는 처지였다.

이윽고 약속 시간대로 분수 광장에 도착한 글렌은 남루스를 찾으려 했다.

"그럼 남루스는 어디에 있으려……."

하지만 바로 굳어버리고 말았다.

"……."

분수대 앞 벤치에 현기증을 유발하는 존재가 떡하니 앉아 있는 것을 목격했기 때문이다.

쓸데없이 요란한 데다 섹시하기까지 한 고딕 펑크 드레스를 입은 소녀였다. 그 밖에도 전신에 치렁치렁 매달린 해골이나 십자가 형태의 은 세공품, 온몸에 휘감긴 쇠사슬이나 구속복 같은 벨트. 한쪽 뺨에 그린 나비 모양 페이스 페인팅, 등에는 탈착식 검은 날개까지.

까놓고 말해 휴일의 공공장소에 입고 오기에는 너무 난이

도가 높다 못해 안쓰럽게 보일 정도로 붕 떠 있는 복장의 소녀였다. 뭐, 그녀의 정체는 당연히 남루스였지만 말이다.

"당장 집에 돌아가고 싶어!"

글렌은 머리를 감싸 쥐며 절규했다.

"그래! 그랬었지! 저 녀석의 패션 센스는 저 모양 저 꼴이었어! 내가 오늘 저걸 내내 데리고 다녀야 한다고? 솔직히 진심으로 싫은데?!"

하지만 그렇게 괴로워하는 사이 그가 온 것을 눈치챈 남루스가 벤치에서 일어나 이쪽으로 다가왔다.

"흥, 이제 왔어? 내 모습을 보고 꽤 놀랐나 보네?"

"그래, 방심한 내 잘못이지! 제길!"

"모처럼 데이트인걸. 인간 여자는 이럴 때 패션에 공을 들이는 법이잖아? 그래서 나도 힘 좀 넣어봤어. 고마워해."

"넌 힘 좀 빼도 돼!"

"실은 루미아가 「제발 입고 가 달라」고 사정사정한 옷이 있었는데…… 내 반신이지만 센스가 너무 촌스럽지 뭐야?

"네 그 괴멸적인 패션 센스에 대한 고집과 자신감은 대체 어디서 오는 거냐?!"

"뭐야, 흥분했어? 하긴 데이트할 때 여자가 예쁘게 차려입고 나오면 남자가 으레 보이는 반응이라고 책에 적혀 있긴 했는데……."

"예 뻐 서 가 아 니 거 든?!"

글렌은 벌써 집이 그리워졌다.

이윽고 남루스가 그런 그의 얼굴을 게슴츠레한 눈으로 올려다보았다.

"그건 그렇고 난 약속 장소에 먼저 와 있었어. 당신보다 일찍. ……이럴 때 당신이 해야 할 말은 뭐지?"

"응……? 그야 약속 시간 전에 여유 있게 왔으니……."

글렌은 뺨을 긁적이며 말했다.

"아~ 「미안, 기다렸지?」 인가?"

"「으응, 나도 방금 왔어.」"

그러자 남루스는 방긋 웃으며 그렇게 대답했다.

하지만 그녀의 관자놀이에는 시퍼런 힘줄이 몇 가닥이나 돋아 있었고, 얼굴은 웃고 있는데 전혀 웃는 것처럼 보이지 않았다. 아무래도 원하던 답이 아니었던 모양이다.

"아~ 꽤 기다렸나 보네?"

"안 기다렸어."

남루스는 미소 아닌 미소를 지은 채 대답했다.

"아니, 네 반응을 봐선 꽤 오래 기다린 거지?"

"안 기다렸어."

"그 요란한 복장 때문에 방금 안 거다만, 너……. 자세히 보니 머리랑 옷이 흠뻑 젖었잖아. 그러고 보니 오늘 아침에 잠깐 비가 내렸었지? 너, 대체 몇 시간이나 기다린 거야?"

"열두 시간……."

"일찍 온 수준이 아니잖아!"

고개를 숙인 남루스의 입에서 새어 나온 말에 글렌은 두통에 시달렸다.

"그치만 남자는 여자의 이런 기특한 면에 가슴이 설레는 법이잖아? 자, 어서 설레 보시지!"

"그런 무시무시한 얼굴로 멱살 잡고 협박하면 남자가 잘도 설레겠다, 이 천치야!"

글렌은 남루스의 손을 떼어 내고 말했다.

"이렇게 기다리다 지쳐서 화낼 정도면 그냥 평범하게 와!"

"뭐? 바보구나, 글렌. 내가 대체 얼마나 긴 시간을 살아왔는지 알아? 영원이나 다름없는 세월을 살아온 나에겐 열두 시간쯤이야 고작 눈 깜짝할 사이에 불과하거든?"

"그럼 왜 그렇게 화가 난 건데!"

"시끄러워!"

그렇게 글렌과 남루스의 데이트는 최악의 형태로 시작되었다.

"큭! 저 둘 지금 대체 무슨 얘기를 하는 거지?"

"음."

그리고 그런 글렌과 남루스를 멀리서 지켜보는 소녀들이 있었다.

시스티나와 리엘이었다.

"저렇게 친밀한 듯 얼굴을 가까이 대고 즐거워하다니…… 일단은 교사와 학생 관계인데, 괘씸해!"

"응. 왠지 싸우는 것 같은데 괘씸해. ……난 잘 모르겠지만."

"리엘 오늘은 우리 둘이서 저 둘을 확실히 감시하는 거야! 알겠지? 저 남루스 씨는 루미아의 몸…… 만에 하나 문제가 생기면 곤란하니까!"

"만에 하나 문제라는 게 뭐야?"

"어?! 아, 으…… 아무튼 감시하는 거야! 알겠지?!"

"응, 알았어. 난 잘 모르겠지만."

이렇게 시스티나와 리엘의 미행도 시작되었다.

――――――.

"먼저 뭐 할 거야?"

"쇼핑……."

글렌은 남루스를 데리고 페지테 상업 지구의 상점가를 걷고 있었다.

다양한 점포와 상업 부스가 늘어선 그곳은 오늘도 평소처럼 왕래하는 사람들로 문전성시를 이루고 있었다.

"그래, 쇼핑이구나. 데이트의 정석이네. 책에서도 그런 걸 했었지."

남루스가 고개를 끄덕였다.

"그래서? 뭘 살 건데?"

"옷이지, 옷."

대답을 들은 남루스는 깔보는 듯한 눈으로 글렌을 머리부터 발끝까지 훑어보았다.

"하긴……. 당신, 이제야 겨우 지금 입고 있는 옷이 촌스럽다는 걸 깨닫고 부끄러워서 새 걸 사려는 거구나? ……알았어. 어울려줄게."

"누가 내 옷을 산대?! 네 옷이다! 네 옷!"

글렌은 어처구니가 없다는 듯 정색했다.

"내 옷? 왜?"

"제길! 멘탈이 너무 강해!"

진심으로 이해할 수가 없다는 남루스의 태도에 글렌은 이를 악물 수밖에 없었다.

"오늘 내가 널 데려갈 곳에는…… 드레스 코드라는 게 있어. 즉, 장소에 어울리지 않는 옷을 입으면 출입이 금지되는 셈이지."

"흐응. 요컨대, 지금 내가 입은 옷의 수준이 너무 높으니 주위에 맞춰서 수준을 좀 낮추라는 뜻이야?"

"그냥 네 맘대로 생각해라. 네 맘대로."

그렇게 해서 적당한 옷 가게를 찾은 글렌은 남루스를 데리고 안으로 들어갔다.

"흥, 틀렸어. 이것도 저것도 전부 촌스러워. 전체적으로 디자인 센스가 부족해."

잔뜩 진열된 옷을 하나씩 물색하는 남루스는 왠지 기분이 나빠 보였다.

"이건 가슴 부근이 좀 더 트였으면 좋았을 텐데."

"삐져나온다."

"이건 치마가 좀 더 짧았으면."

"보인다."

"이렇게나 옷이 많은데 단 하나도 내 맘에 드는 게 없다니…… 이 세상은 뭔가 잘못됐어."

"잘못된 건 네 머리 쪽이거든?"

"정말이지. 책에서도 지루한 장면이었지만, 역시 지루해. 흥."

그렇게 말하면서도 남루스는 열심히 계속 옷을 살폈다.

"뭐, 여기서 시간을 너무 낭비하는 것도 좀 그렇긴 해. 그러니 글렌. 당신이 나한테 어울리는 옷을 골라봐."

"내가? 뭐, 난 상관없다만."

잠시 가게 안을 이리저리 둘러본 글렌은 옷 한 벌을 가져왔다.

"뭐, 너한테는 이 정도가 괜찮지 않을까?"

"그게……?"

글렌이 고른 것은 검은 원피스 드레스였다. 전체적은 디자인은 약간 고딕풍에 가깝지만, 지금 남루스가 입은 요란한 옷에 비하면 훨씬 얌전했다. 남들의 눈에는 「조금 특이한 스타일의 옷」 정도로 보이리라.

"어차피 넌 그 은 세공품을 몸에서 뗄 생각이 없잖아? 그럼 이게 그나마 위화감이 없고…… 게다가 너한테도 잘 어울리지 않을까?"

"어울려……?"

남루스가 옷을 물끄러미 쳐다보았다.

'과연 어떤 반응을 보이려나…….'

글렌은 한숨을 내쉬며 심사를 기다렸다.

"흥, 촌스럽긴."

이윽고 내려온 것은 혹독한 평가였다.

"이게 당신 센스야? 날 실망시키지 말아줄래?"

"이런, 실패였나."

글렌으로선 난감할 수밖에 없었다.

"어중간한 것도 정도가 있지. 디자인 콘셉트는 나쁘지 않지만, 세세한 부분의 처리나 선택이 글러 먹었어. 특히 여긴 리본이 아니라 레이스를……."

"그래 그래, 알았어! 알았다고! 나한테 옷 고르는 센스는 기대하지 마! 다른 걸 골라올 테니 좀 기다려!"

글렌이 내심 지긋지긋해하며 새 옷을 고르러 등을 돌린 순간.

"자, 잠깐!"

남루스가 황급히 목깃을 낚아챘다.

"끄억?! 뭐, 뭐야!"

"소, 솔직히 너무 촌스러워서 미적 감각이 탁월한 내가 입을 만한 옷은 아니지만! 그래도 뭐, 모처럼 당신이 골라준 거니까! 이 이상 시간 낭비하는 건 싫으니까! 그, 그냥 그걸로 참아줄게."

"뭐어……?"

이젠 도저히 영문을 알 수가 없었다.

그런 글렌의 손에서 옷을 낚아챈 남루스는 높이 들어 올리더니 감정을 읽을 수 없는 눈으로 뚫어지게 쳐다보았다.

"뭐, 난 상관없는데 사기 전에 한번 입어보는 건 어때?"

"입어봐? 아, 그러고 보니 옷 가게에선 그런 서비스가 있다고 했지? 책에서도 그렇게 묘사했고."

주위를 살피자 바로 근처에 임시 탈의실이 있었고, 남루스는 커튼을 확! 젖히고 안으로 들어갔다.

"자, 어서."

그리고 무표정으로 글렌에게 들어오라고 손짓했다.

"넌 대체 나한테 뭘 바라는 거냐……."

"데이트 중에 남친이 여친한테 옷을 사줄 땐 탈의실 내에서 꽁냥대는 걸 참지 못하는 게 당신들 인간이잖아? 정말 그런지 확인해보려고."

"넌 대체 인간의 뭘 알고 싶은 거냐……?"

어처구니가 없는 글렌은 다시 커튼을 쳐서 남루스를 시야에서 지워버렸다.

“으그그그…….”

그리고 시스티나와 리엘이 그런 둘의 모습을 진열된 마네킹 뒤에서 관찰하고 있었다.

“마, 맙소사…… 설마 저 벽창호가 여자에게 옷을 사주다니……! 나도 아직 선물 받은 적 없는데……!”

시스티나는 몹시 분개했다.

“저 인간, 분명 야한 속셈이 있는 게 틀림없어! 이렇게 된 이상 루미아를 위해서라도 제대로 감시할 수밖에! 으그그그……!”

“난 잘 모르겠지만…… 시스티나. 옷이 필요해?”

하지만 리엘은 여느 때처럼 감정을 읽을 수 없는 눈으로 올려다보며 엉뚱한 말을 꺼냈다.

“뭐?! 으, 으음. 뭐, 맞아! 난 그냥 옷이 필요한 것뿐인걸! 따, 딱히 선생님이 남루스 씨한테 옷을 골라준 게 부러운 건 절대로 아니고!”

“그래? 알았어.”

그리고 잠시 자리를 비우더니 곧 뭔가를 품에 안고 돌아왔다.

“응. 사 왔어. 시스티나한테 줄게.”

“어?”

그것은 여성복이었다.

하지만 요즘 유행에서 크게 벗어난 데다 디자인 센스도 최악이라 그냥 입고 있기만 해도 부끄러운 촌티 나는 옷이었다.

“어……? 이, 이걸……?”

“응. 나도 조금 알게 된 게 있어. 글렌이 남루스한테 옷을 사줬을 때…… 남루스, 많이 기뻐 보였거든.”

“으, 음. 뭐, 그렇지. 걔도 솔직하지 못한 편이라…….”

“남한테 옷을 사주면 기뻐한다는 걸 알았어. 그러니 시스티나한테 이걸.”

“…….”

“이거 왠지 엄청 비싸서…… 용돈을 다 써버렸지만. 그래도 평소에 늘 신세를 지고 있으니까…… 그 보답. 시스티나, 입어줄래?”

웬일로 그런 기특한 말을 한 리엘은 시스티나라면 분명 입어줄 거고, 분명 기뻐해 줄 거라는 기대감에 눈을 빛냈다.

그런 천진난만한 눈빛 앞에서 「당장 반품하고 와!」라든가 「이렇게 촌스러운 걸 어떻게 입어!」라는 말은 인간으로서 도저히 할 수 없었다.

“으, 으아아아아아아아아아아아아아아아앙!”

결국 이도저도 못 해 울상이 된 시스티나는 리엘이 사준 옷을 품에 안고 탈의실로 뛰어들 수밖에 없었다.

――――――.

"흐응~? 이런 촌스러운 옷은 절대로 못 입을 줄 알았는데…… 뭐, 이렇게 입고 보니 생각보다 나쁘지 않네?

옷 가게를 나와 다음 목적지로 이동 중인 남루스는 그렇게 중얼거리며 나란히 걷던 글렌 앞으로 불쑥 튀어나왔다. 조금 전에 갈아입은 검은 원피스의 옷자락을 살짝 잡고 가볍게 회전하자 치마가 꽃처럼 벌어지며 그 나이대의 소녀다운 건강한 매력을 뽐냈다.

"어때?"

그렇게 남루스는 요염한 미소를 짓고 글렌을 도발했다.

"그~러~니~까 잘 어울린다고 했잖아. 대체 몇 번을 들어야 직성이 풀리는 건데? 벌써 열 번째라고."

"시, 시끄러워. 이런 촌스러운 옷을 입어줬으니 당신은 얌전히 칭찬이나 하라구."

남루스는 토라진 듯 고개를 돌렸다.

"그래서? 이번엔 어디로 갈 거야?"

"아~ 너랑 가려고 한 곳이 있긴 한데…… 아직 시간이 좀 남네."

글렌은 회중시계로 시간을 확인하며 대답했다.

"아, 그래? 너무 일찍 나왔나 보네. 그렇다면……."

그러자 무슨 생각을 한 건지 남루스는 주위를 두리번거리다 한 노점을 가리켰다.

"저거. 저거 사자."

"응?"

아이스크림을 파는 노점이었다.

"데이트라고 하면 이런 걸 산 다음 둘이 벤치에 나란히 앉아서 먹는 거잖아?"

"뭐, 틀린 말은 아니군……."

그렇게 해서 남루스와 글렌은 바 형태의 아이스크림을 각자 하나씩 산 후 길가에 있는 벤치에 나란히 앉았다.

"뭐, 시간 때우기 좋겠네."

그리고 글렌이 아이스크림을 입에 넣으려 한 순간.

"잠깐."

남루스가 팔을 확 낚아챘다.

"왜, 왜 그래?"

"뭘 위해서 일부러 다른 맛으로 샀다고 생각하는 건데? ……나한테 먹여줘 봐."

"뭐어……?"

그 엉뚱한 제안에 글렌은 머리가 지끈거리기 시작했다.

"당신들 인간은 이럴 때 보통 그러기 마련이잖아?"

"틀린 말은 아니다만, 네 지식은 뭔가 좀 왜곡됐거든?"

하지만 남루스는 아무래도 진심인지 도끼눈을 뜨고 노려

보았다.

요컨대, 먹여주지 않으면 절대로 물러나지 않겠다는 뜻이리라.

"참 나. 자."

글렌은 어쩔 수 없이 자신의 아이스크림을 남루스의 입가에 내밀었다.

"음……."

그러자 그녀는 작고 귀여운 혀를 내밀어 핥기 시작했다.

할짝할짝할짝.

하지만 왠지 이상할 정도로 핥는 시간이 오래 걸렸다.

"나, 남루스……?"

아연실색한 글렌 앞에서 남루스는 머리만 움직여서 꼭대기를 빨거나 혀로 옆면을 훑기도 했다.

"음……. 흐읍, 하아……."

눈을 감고 머리를 쓸어 올린 그녀는 약간 거친 숨소리를 내며 혀를 계속 움직였다.

낼름, 할짝할짝…… 쭈웁. 날름날름, 할짝할짝…….

"푸하~."

이윽고 정색한 글렌 앞에서 아이스크림을 구석구석 듬뿍 핥은 남루스의 혀에 맺힌 침이 아치를 그리며 천천히 멀어져 갔다.

"흥. 맛은 평범하네. 이제 먹어도 돼, 글렌."

"이걸 내가 먹으라고?!"

남루스가 자못 당연한 듯 터무니없는 말을 내뱉자 글렌은 관자놀이에 퍼런 힘줄을 세우며 그렇게 외칠 수밖에 없었다.

"뭐……. 당신들 인간은 이럴 때 간접 키스라는 간접적인 타액 교환으로 흥분하는 변태적인 생물이잖아?"

하지만 그녀는 언짢은 얼굴로 해명했다.

"그러니 어쩔 수 없이 내 침을 서비스해줬어. 자, 감사히 먹……."

"이런 걸 내가 어떻게 먹냐고오오오오오오오오오오오오!"

"우읍?!"

글렌은 남루스의 침이 듬뿍 묻은 아이스크림을 있는 힘껏 그녀의 입에 쑤셔 넣을 수밖에 없었다.

"후우……."

그리고 그런 둘의 모습을 가로등 뒤에서 지켜보던 시스티나는 당연히 안도의 한숨을 내쉬었다.

"시스티나. 왜 그래?"

"아, 아아아, 아무것도 아냐!"

그녀는 리엘의 소박한 질문에 쩔쩔맬 수밖에 없었다.

———.

"뭐어? ……연극?"

페지테가 세계에 자랑하는 아트렘 극장 앞 광장에서 남루스는 노골적으로 눈살을 찌푸렸다.

"혹시 오늘 당신이 날 데려가려고 했던 게 여기야?"

"마, 맞아. ……지금 평판이 꽤 좋은 신작이 공연 중이라…… 너, 혹시 연극은 싫어했어?"

"싫고 자시고 한 번도 본 적 없어. 다만, 연극이라는 건 인간이 만든 각본대로 인간이 연기하는 것 예능일 뿐이잖아? 왠지 지루할 것 같네."

"그런가. ……이거 난감한걸. 이게 싫다면 예정을 크게 바꿀 수밖에 없는데……."

"흥. 뭐, 됐어. 그냥 봐."

글렌이 머리를 긁적이며 곤란해하자, 남루스는 게슴츠레한 눈으로 마지못해 극장 입구로 걸어갔다.

"뭐, 책에서 읽은 대로 데이트의 정석이라면 정석 같은 거니까 말이지. 지루한 시간이 될 것 같지만, 이것도 당신들 인간을 좀 더 깊이 알기 위한 수업이라고 생각하면 되겠지."

—세 시간 후.

"훌쩍…… 히끅…… 다행이다. 로자미아…… 마지막에 구원받아서 정말 다행이야!"

"완전 빠졌구만, 너."

눈물로 엉망이 된 얼굴의 남루스를 극장 밖으로 데리고 나온 글렌은 어이가 없다 못해 한숨밖에 나오지 않았다.

"그러고 보니 넌 처음 만났을 때는 냉혈녀처럼 보였지만 실제로는 엄청 감성적인 녀석이었지. ……하긴, 저 희곡은 둔감한 나도 좀 울컥할 정도였으니 너라면 이렇게 우는 게 당연한가."

"앗! 아, 아 아냐! 이건 그런 게 아니라!"

글렌이 놀리듯 말하자 눈이 퉁퉁 부은 남루스는 얼굴이 새빨개져서 항의했다.

"그, 극장 안의 먼지가 눈에 들어간 것뿐이야! 그래서 눈물이 멎지 않는 것뿐이라구!"

"그래, 뭐. 그런 걸로 해둘게."

"큭! ……으, 으으~."

남루스가 언짢은 눈으로 노려보았지만, 곧 체념한 듯 시선을 돌리더니 글렌의 손을 꽉 잡았다.

"오?"

"인간은 데이트할 때 손을 잡는 법이잖아……?"

고개를 돌린 그녀의 뺨은 살짝 달아올라 있었다.

"자, 나한테 무척이나 지루한 시간을 보내게 했으니 이번엔 좀 더 지루하지 않은 곳으로 데려가 줘. 어서."

"예이, 마님……."

글렌은 끝까지 솔직하지 못한 남루스의 태도에 쓴웃음을 흘리며 그대로 손을 잡은 채 다음 목적지로 향했다.

―――――.

그렇게 남루스가 글렌을 휘두르는 듯한 형태로 데이트는 계속되었다.

글렌이 남루스에게 뭔가를 보여줄 때마다 그녀는 일일이 불평을 내뱉었다.

하지만 이러니저러니 해도 데이트를 만끽한 그녀는 다음은 어디로 갈 거냐며 계속 그를 재촉했다.

글렌은 그 모습에 어이없어하면서도 남루스에게 다양한 것들을 경험하게 해주었다.

둘이서 길거리 공연을 구경하거나, 서점에 데려가거나, 페지테의 관광명소를 이곳저곳 돌아다니는 사이에 어느새 그녀는 불평하는 것도 잊은 채 진심으로 데이트를 즐겼다.

사실 그녀에겐 이 모든 것이 낯선 경험인 것은 아니었다. 지식으로는 전부 알고 있었다.

'그런데…… 어째서일까? 이렇게 누군가와 손을 잡고 돌아다니고 있으니…… 그런 흔해빠진 일들이 더 이상 지루하게

느껴지지 않아.'

글렌의 손을 잡고 뒤따라 걷던 남루스는 문득 깨달았다.

'아, 그렇구나. 난, 지금 이 순간이 「즐거운」 거였어. ……데이트라는 게 이런 거였구나. 그래서 인간은…….'

몸이 정체 모를 열기에 감싸인 채 둥둥 떠 있는 것 같은 감각 속에서 남루스는 글렌의 등을 바라보며 멍하니 그런 생각에 잠겼다.

————.

그리고 날이 저물었다.

밤의 장막이 내려앉은 어두운 거리.

"흠, 이런저런 일들이 있었지만 오늘은 이걸로 데이트도 끝이겠네."

사람의 왕래가 줄어든 큰길에서 왠지 아쉬운 얼굴로 손을 놓으며 멀어진 남루스는 글렌을 돌아보았다.

"뭐, 나쁘진 않았어……."

그 말대로 늘 뚱한 얼굴의 그녀가 지금은 왠지 내심 기뻐 보였다.

"당신 덕분에 인간이 뭔지 조금은 이해한 것 같아. 뭐, 가장 원하던 건 이루어진 셈이야. 고마워, 글렌."

"……."

"자, 그럼 난 슬슬 사라질게."

말이 없는 글렌 앞에서 남루스는 기지개를 켰다.

"이 애의 몸을 너무 오래 빌리는 것도 미안하고, 당신도 날 상대하느라 피곤하지?"

그리고 빈정거리듯 웃으며 글렌을 힐끔 흘겨본 후 눈을 감았다.

"그렇게 됐으니 난 이만. 또 언젠가 다시 만나. ……그리 멀지 않은 미래, 혹은 과거에서."

그 말을 끝으로 몸의 주도권을 루미아에게 넘겨주려고 정신을 집중한 순간.

"야, 잠깐 기다려봐."

갑자기 글렌이 손을 꽉 움켜잡았다.

"뭐……."

남루스는 왜 이러냐는 듯 한쪽 눈만 뜨고 항의했다.

"데이트는 아직 안 끝났어. 네 맘대로 끝내지 마."

하지만 글렌은 평소보다 진지한 표정으로 똑바로 눈을 응시했다.

"뭐? 아직도 뭐가 더 있는 거야? 난 나름 꽤 만족했는데?"

"바보. 데이트는 지금부터가 본편이라고."

"……?"

글렌은 고개를 살짝 갸웃거리는 남루스의 손을 잡아끌고 다시 시내로 발걸음을 옮겼다.

'뭐지……? 이게 대체 뭐야?'

남루스는 글렌의 등을 따라 걸으며 멍하니 그런 생각을 했다.

주위의 분위기로 봐선 아무래도 그는 시내 안쪽, 인기척이 드문 곳으로 가고 있는 듯했다.

'이젠 완전 밤이잖아. 게다가 인간이 데이트할 때 할 만한 일은 거의 다 해봤는데…… 지금부터가 본편이라는 게 대체 무슨 뜻이지?'

어리둥절한 눈으로 글렌의 등을 계속 바라보았다.

'지금도 계속 데이트 중인 거라면 아무래도 이게 오늘 마지막 이벤트겠지? 하물며 연인이 밤에 하는 일이라면…….'

문득 얼마 전에 읽은 연애 소설의 내용이 떠올랐다.

그 소설에선 마지막에 뭘 했더라?

해가 저문 후, 데이트로 기분이 한껏 고조된 연인들이 남들의 이목을 피해 들어간 곳은…….

'어……?'

두근!

거기까지 생각한 순간, 심장이 크게 뛰었다.

'어? 잠깐 기다려봐. ……뭐야. 설마…… 그런 거였어?'

두근! 두근! 두근!

기하급수적으로 빨라지는 심장 소리.

얼굴이 새빨갛게 익고 머릿속은 빙글빙글 돌기 시작했다.

'아니아니아니, 그럴 리가 없잖아. 남루스. 진정해. 넌 지금 뇌가 그 소설의 핑크빛 망상에 너무 물든 거라구.'

남루스는 고개를 세차게 저으며 뜨겁게 익어서 제대로 기능하지 않는 뇌를 질타했다.

'아무리 그래도 그건 아니야! 아무리 루미아의 몸이라지만, 난 인외의 괴물이라구! 그런 나를 글렌이 그…… 평범한 인간 여자처럼…… 그러니까…… 아무튼 말도 안 돼!'

그렇게 결론을 내린 그녀는 글렌의 등을 날카롭게 노려보았다.

'흐, 흥! 제법이잖아, 글렌. 이 유구한 세월을 살아온, 세계 진리의 파수꾼이자 책임자인 내가 식은땀을 흘리게 만들다니……. 어차피 시시한 이벤트겠지만, 뭐. 그래. 어울려줄게. 어디 한번 날 즐겁게 해보라구!'

그런 느낌으로 글렌의 손을 잡은 채 여유를 가장했다.

"여기야……."

"어어……?"

하지만 눈앞에 있는 궁전 같은 건물을 올려다본 남루스는 입을 떡 벌릴 수밖에 없었다.

글렌이 자신을 데려온 곳이 다름 아닌 이 도시가 자랑하는 고급 호텔인 『샹그릴라 호텔 페지테』였기 때문이다.

"어? 어?! 어어?! 호텔? 저, 정말 여기 호텔이야?!"

"이게 호텔이 아니면 뭐로 보여? 자, 들어가자."

글렌은 남루스의 손을 잡고 호텔의 정면 현관으로 걸어갔다.

"자, 잠깐 기다려봐!"

그녀는 새빨개진 얼굴로 저항했다.

"왜?"

"이, 이런 데 온다는 말은 못 들었거든?!"

"아니, 말은 안 했지만 어렴풋이 예상은 했잖아? 무슨 애도 아니고."

"아, 아아아, 안 돼! 이런 건 절대로 안 돼! 사실 난……!"

"그렇게 싫다면 여기까지인데…… 괜찮겠어?"

"……?!"

글렌이 진지하게 응시하자 남루스는 시선을 피하듯 고개를 떨구며 입을 다물어버렸다.

이유는 모르겠지만, 거절하지도. 도망칠 생각도 들지 않았다.

"대답 안 하면 승낙한 걸로 받아들일게."

이상할 정도로 다부지게 느껴지는 글렌의 손에 맥없이 이끌렸다.

"뭐, 나쁜 경험은 아닐 거다."

"앗……."

남루스는 결국 아무런 저항도 하지 못한 채 호텔에 끌려가고 말았다.

'어, 어어어, 어쩌지어쩌지이걸어쩌지?!'

그 후로 큰 혼란에 휩싸인 남루스의 머릿속은 뜨겁게 달궈져서 아무 생각도 할 수 없게 되었다.

눈을 꾹 감고 딱딱하게 굳은 몸으로 글렌의 팔에 매달려 그가 가자는 대로 조심스럽게 발걸음을 옮겼다.

"예약한 글렌 레이더스라고 하는데…… 맞아. 북쪽 첨탑 최상층에……."

눈을 감아 새카매진 세상에서 글렌이 접수처에서 담당자가 뭔가 대화를 나누는 것 같았지만, 혼란에 빠진 남루스의 귀에는 아무것도 들리지 않았다.

이상할 정도로 시끄럽게 뛰는 심장 소리가 주위의 모든 음성 정보를 지워버렸고, 심장이 당장에라도 터질 것만 같았다.

'이, 이건 그거지?! 이제 확정된 거지?! 그 영문을 알 수 없는 추상적인 표정으로 얼버무린 그 행위를 지금부터 내가 직접 자세하고 정확하게 실컷 체험하게 된다는 거지?!'

문장 하나하나가 선명하게 떠오르는 그 책의 한 장면이 불현듯 머릿속에서 재생되었다.

하지만 그 상상 속에서의 남자는 글렌이었고…… 여자는 자신이었다.

그 순간 머리에 피가 솟구쳐서 눈앞이 아득해졌다.

'어, 어어……? 나, 나…… 해버리는 거야? 정말로……?'

막다른 곳에 몰린 남루스는 지금 자신이 루미아의 몸이라 함부로 그런 짓을 해선 안 된다는 냉정한 판단을 내릴 수가 없었다.

루미아에게 몸을 빌린 것뿐이니 정말 싫으면 그대로 사라지면 될 뿐이지만, 어째선지 그럴 생각이 들지 않았다.

마음속 한구석에선 이대로 이 흐름에 끝까지 몸을 맡기고 싶다는 자신이 존재했다.

'맙소사……. 믿기지가 않아. 괴물인 내가…… 세계 진리의 파수꾼이자 책임자인 이 내가…… 이런……이런 식으로…… 평범한 여자처럼…… 아으으으…….'

그러는 사이에도 둘은 계단을 오르고 수동 엘리베이터에 타 최상층으로 이동했다.

'지, 지금 어디야?! 우린 어디에 있는 거지?! 혹시 벌써 방에 도착한 거야?! 들어온 거야?! 둘이서?!'

눈을 감아서 주위의 상황을 파악할 수 없는 남루스가 끙끙댄 순간.

"야, 도착했어. 언제까지 붙들고 있을 건데. 그만 놔. 이대로는 아무것도 할 수가 없잖아."

"하윽……?"

화들짝 놀라서 등을 꼿꼿하게 세웠다.

아무래도…… 마침내 그 순간이 온 모양이었다.

'가, 각오를…… 다질 수밖에.'

남루스는 달아오른 머리로 생각을 정리하며 심호흡을 했다.
'흐, 흥! ……기껏해야 살로 된 육신이 없으면 생명을 유지할 수 없는 하위 생물의 교배 행위, 번식 활동, 사랑을 나누는 수단으로서의 생식 행위에 불과하잖아? 상위 존재인 이 내가 고작 이런 걸 두려워해야겠어? 그리고 뭐, 상대가 글렌이라면…… 나도 딱히 싫은 건 아니고. 애, 애초에 이번 목적은 인간을 더 잘 이해하는 거니까…… 인간을 이야기할 때 그 XX한 행위가 떼려야 뗄 수 없는 행위라면…… 뭐, 한 번쯤 체험해보는 것도…… 그리 나쁘지만은 않을지도……!'
속으로 그렇게 혼잣말을 한 남루스가 마침내 모든 것을 바칠 각오를 한 후.
"아, 알았어! 글렌! 나, 나나나, 난 처, 처음이니까……! 사, 살살……."
조심스럽게 눈을 뜬 순간.
"……?"
눈앞에 펼쳐진 것은 딱히 자신들을 위해 준비된 방이 아니었다.
안쪽 벽면 전체가 유리로 되어 있어 바깥 풍경이 보이는 클래식한 분위기의 레스토랑이었다.
고풍스러운 디자인으로 정돈된 실내 장식이 우아한 분위기를 자아냈고, 언뜻 봐도 상류계급인 신사 숙녀들이 각자의 테이블에서 조용히 식사하는 모습이 보였다.

“뭐야 이게…….”
“이런 곳은 처음이랬지?”
눈을 게슴츠레 뜬 남루스에게 글렌은 씨익 웃으며 말했다.
“나도 여러모로 생각해봤는데 마침 이 호텔 최상층이 3성 레스토랑인 게 떠오르더라고. 역시 데이트의 마무리라고 하면 이런 비싼 밥을 먹는 거잖아? 여자는 이런 걸 좋아하겠다 싶어…… 악!”
짜악!
도끼눈을 뜬 남루스가 준비 자세 없이 날린 로 킥이 채찍처럼 글렌의 다리를 후려쳤다.

“야, 기분 좀 풀어…….”
“흥!”
남루스는 눈앞에 차려진 비싸 보이는 고급 요리를 나이프와 포크를 써서 거칠게 입으로 옮기며 콧김을 불었고, 맞은편에 앉은 글렌은 그런 그녀를 퀭한 눈으로 쳐다보았다.
“나 원 참, 이것도 실패였나. ……어렵구만.”
“딱히 그런 건 아니야.”
“그럼 왜 그렇게 심통이 난 건데?”
“아무것도 아냐…….”
파스타를 포크에 둘둘 감아서 입으로 옮긴 남루스가 시선을 피하자, 마침 안쪽 자리라 창유리 너머로 페지테의 야경이 눈에 들어왔다.

"……."

그 광경을 본 그녀는 무심코 할 말을 잃었다.

아직 이른 밤이라 거리가 완전히 잠들기 전에만 잠깐 보여주는 페지테의 비밀스러운 얼굴.

어두운 밤의 캔버스를 다양한 색상의 조명이 샹들리에처럼 채색하는 빛의 예술.

그 광경은 너무나도…….

"아름답지……?"

자기도 모르게 식사를 멈추고 넋을 잃었던 남루스에게 글렌이 미소 지었다.

"그래. 사실 페지테는 이런 식으로 보면 무척 아름다운 도시야. 고지대에 세운 이 호텔 최상층에 있는 이 고급 레스토랑에서나 볼 수 있는 풍경이지."

"……."

"언젠가 나한테 여자가 생기면 꼭 데려오려고 생각했던 비장의 데이트 장소인데…… 뭐, 이번에는 너한테만 특별히 공개해준 거니 고맙게 생각하라고."

남루스는 한동안 그 아름다운 밤 풍경에서 시선을 떼지 못했다.

"왜……?"

하지만 곧 의문을 표했다.

"응?"
"왜 이렇게까지 잘 해주는 거야?"
"……."
"그래. 생각해보면…… 난 오늘 내내 제멋대로 당신을 휘둘러 대기만 했는데……."
지금까진 들떠 있느라 자각이 없었던 것이리라. 그만큼 오늘 자신은 이상할 정도로 흥분해 있었다. 하지만 이 아름다운 풍경 덕분에 이제야 겨우 냉정해졌다.
평소의 차분함을 되찾자 갑자기 오늘 자신이 한 행동들이 참을 수 없이 부끄러워졌다.
"느닷없이 데이트라니, 민폐였지? 그런데도 당신은 결국 마지막까지 나와 함께 있어 줬고…… 게다가 이런 비장의 장소까지 공개해줬어. ……어째서?"
"뭐, 넌 어른스럽게 보여도 실제로는 꽤 여린 구석이 있다는 걸 이젠 잘 아니까?"
글렌은 이제 와서 무슨 말이냐는 것처럼 대답했다.
"그리고…… 약속했잖아?"
"약속?"
"응. 네가 말했잖아? 「잊지 못할 최고의 하루를 제공해달라」면서?"
"……!"
놀라서 눈을 크게 뜬 남루스에게 글렌은 말을 계속했다.

"난 자세히는 모르겠지만…… 평소에 넌 늘 혼자 지내는 거지? 그래서 그토록 외로움을 타는 거고. 그 점을 제외해도 가끔 이쪽에 올 때 정도는 즐거운 시간을 보냈으면 해. 아무튼 너도 내 소중한 동료니까 말이야."

그러자 남루스는 입을 다물고 방금 자신이 들은 말을 마음속으로 천천히 곱씹었다.

"흥! 뭐야 그게. 지금 날 꼬시려는 거야?"

"맘대로 생각해. ……그래서. 식사는 좀 어때?"

"맛있어."

"그건 다행이구만."

글렌도 그제야 슬쩍 웃음을 터트리며 식사를 재개했다.

"고마워……."

하지만 그런 그의 얼굴을 계속 훔쳐보던 남루스는 들리지 않을 정도로 아주 작은 목소리로 감사를 표했다.

"후우~ 다행이다! 미, 믿고 있었다구요, 선생님. 선생님이 그런 불순하고 경솔한 짓을 하실 리 없다는걸요!"

그런 둘의 모습을 멀리 떨어진 자리에서 살피던 시스티나도 그제야 안도의 한숨을 내쉬었다.

"냠냠…… 어라? 시스티나. 글렌이랑 남루스가 이 호텔에 들어갈 때 화내지 않았어? 절대 용서 못 한다고…… 우물우물."

"내, 내가 그랬던가?"

리엘의 지적에 시스티나는 눈만 데굴데굴 굴렸다.

"아, 아무튼…… 이제 와서 남루스 씨가 이 정도까지 히로인력을 올리다니…… 루미아가 돌아오면 앞으로의 대책을 생각해 봐야겠어!"

"응, 생각해 봐. 난 잘 모르겠지만. 냠냠…… 음. 여기 요리 엄청 맛있다. 더 시켜도 돼?"

"어? 아, 응. 맘대로 시켜. 왠지 나도 안심하니 배가 고프네. 오늘 밤은 배 터지게 먹자, 리엘. 돈은 걱정하지 마. 내가 전부 낼 테니까!"

"정말?"

"응. 낮에 옷을 선물해준 보답. 그러니 사양하지 않아도 돼."

"와, 고마워. 시스티나."

이렇게 그녀들도 나름대로 마음껏 식사를 즐겼다.

하지만 안심한 나머지 이곳이 고급 레스토랑이란 사실을 깜빡한 시스티나는 식사 후 계산할 때 영수증을 보자마자 비명을 지를 수밖에 없었다.

며칠 후.

"제길, 돈이 없어. ……괜히 허세 부리느라 그런 미친 가격의 밥을 먹는 게 아니었는데."

마술학원에서는 여느 때처럼 글렌이 시로테 나뭇가지를 씹고 있었다.

“저도 이달은 용돈이 바닥났어요. ……이제 그런 가게는 두 번 다시 안 가.”

하지만 오늘은 웬일인지 시스티나도 옆에서 나뭇가지를 씹고 있었다.

“두 분, 잘 챙겨 드시지 않으면 건강에 좋지 않아요. 이달엔 제가 도시락 싸드릴게요.”

“음.”

같은 자세로 풀이 죽어 있는 둘을 본 루미아가 쓴웃음을 흘렸고, 리엘은 어리둥절한 눈으로 고개를 갸웃거렸다.

그리고 남루스는 그런 평소와 다름없는 글렌의 모습을 멀리서 지켜보고 있었다.

『아직 인간에 대해선 잘 모르겠지만…… 그래도 당신에 대해선 조금은 알게 된 것 같아. 글렌.』

그렇게 혼잣말을 한 그녀의 모습은 어느새 산들바람에 녹아들 듯 사라지고 말았다.

마술학원은 오늘도 평화로웠다.

너에게 가르쳐주고 싶은 것

What I Want to Tell You

Memory records of bastard
magic instructor

삶이란 곧 투쟁이다.

아무렇지 않은 일상 그 자체가 전쟁이라 해도 과언이 아니다.

그런 까닭에 살아 있는 한 싸움은 멈추지 않는다. 그것이야말로 인생의 진리이다.

그러나.

세상에는 배가 고프면 싸울 수 없다는 말도 있다.

전쟁에서 가장 중요한 것은 전략. 즉, 병참이며 지속적인 전투 행동을 위해서는 끊임없는 보급이 필요했다.

……뭐, 요컨대.

"으아아, 배고파아……. 그냥 이대로 확 죽어버려?"

지금의 글렌은 인생이라는 전장에서 싸워나갈 힘과 기력을 완전히 상실한 패배자였다.

이곳은 페지테 어딘가에 있는 한 공원.

죽은 생선 같은 눈으로 힘없이 벤치에 누워있는 글렌은 현재 교사 생활 사상 최대의 위기를 맞이하고 있었다.

대체로 평소와 같은 일상을 보냈지만, 이런저런 불행이 겹친 탓에 아무튼 수중에 돈이 없었다. 심지어 벌써 사흘이나 굶었다.

이럴 때마다 늘 도시락을 챙겨주던 시스티나는 어떤 일로 화가 나서 말도 못 걸고 있는 상태다.

이번에는 정말 어지간히 화가 났는지 루미아와 리엘에게도 「절대 응석을 받아주지 마!」라고 못을 박아둬서 그녀들의 지원도 기대할 수 없었다.

그야말로 사면초가였다.

"으아아아아, 아버지. 어머니. 먼저 가는 불초자식을 용서하십쇼. ……뭐, 부모는 처음부터 없었지만."

글렌이 공허한 눈으로 눈물을 질질 흘리고 있자 누군가가 옆구리를 콕콕 찔렀다.

"뭐야……?"

시선을 돌리자 한 소녀가 서 있었다.

나이는 자신이 가르치는 학생들보다 약간 어려 보였다. 한 열두세 살쯤일까.

잿빛 머리카락에 잿빛 눈동자. 보닛을 쓰고 작은 케이프를 두른 전형적인 마을 소녀 같은 차림. 하지만 단정한 용모에서는 평범한 마을 소녀답지 않은 기품이 느껴졌다.

그런 소녀의 감정을 읽을 수 없는 게슴츠레한 눈이 글렌을 지그시 응시하고 있었다.

"너, 너, 그 쓰레기를 보는 듯한 눈은……「아아, 이게 인생의 패배자구나. 난 저렇게 살지 말아야지」라면서 날 깔보고 비웃을 생각이지? 제길, 그냥 확 울어버리는 수가 있다? 놀라지 마라? ……이것이 사나이 글렌의 마지막 싸움이드아~."

"여기요."

본인도 무슨 말을 하는 건지 모를 헛소리를 주절대고 있자, 소녀가 별안간 샌드위치가 가득 든 바구니를 내밀었다.

"어……?"

"우리 엄마가 만든 거예요. 배가 고픈 거죠? 선생님."

갑자기 눈앞에 떨어진 탐스러운 미끼에 글렌의 눈빛이 사정없이 흔들렸다.

"진짜…… 먹어도 돼?"

"예."

공복으로 맛이 간 글렌의 뇌는 이미 냉정하고 상식적인 판단이 불가능한 상태였다.

그저 살고 싶다, 죽고 싶지 않다는 원초적인 본능이 이끄는 대로 수치심 따윈 저 멀리 치워버리고 소녀의 바구니를 받았다.

"우오오오오오오오오오오! 그 도시락을 이리 내놔아아아아!"

소녀에게서 바구니를 날치기하듯 뺏은 글렌은 울면서 샌드위치를 위장에 쑤셔 넣었다.

"살아있다는 건 멋져어어어어어어어! 흑, 으아아아아앙!"

그 맛은 천상에 있는 신들의 만찬보다도 훌륭했다고 한다.

"아~ 자~알 먹었다!"

겨우 이성이 돌아온 글렌은 다시 소녀를 돌아보았다.

"이야~ 덕분에 살았어! 넌 내 생명의 은인이야! 그런데 넌……?"

소녀, 우르가 작은 목소리로 대답했다.

"우르. 우르 로람이 내 이름."

"우르라고? 고맙다. 난……."

"글렌 선생님이죠? 알아요."

글렌이 이름을 밝히는 것보다 먼저 우르가 말했다.

"응? 어라? 너 내 이름은 어떻게 안 거야?"

하지만 우르는 그 의문에 대답하지 않았다.

"그보다 선생님. 이 샌드위치…… 공짜인 줄 알았어요? 세상이 그렇게 만만할 줄 아세요?"

"어……?"

글렌의 표정이 굳었다.

자세히 보니 이 우르라는 소녀는 왠지 겉모습과 속이 일치하지 않는 것 같았다. 속에 능구렁이가 몇 마리는 들어있는 듯한 느낌이었다.

"그, 그래 그렇겠지. 공짜일 리가 있나. 뭔가 보답을 해야겠는데…… 하지만 지금 난 수중에 돈이……."

글렌이 쩔쩔매며 아무것도 없는 주머니를 확인한 순간.

"마술을 가르쳐줘요."

우르가 터무니없는 부탁을 했다.

"선생님은 마술 선생님이죠? 그러니 마술을 가르쳐줘요."

"뭐어어어어어어어어어?!"

글렌은 기겁할 수밖에 없었다.

"너, 너 인마! 내가 왜 그래야 하는데! 아무리 그래도 샌드위치랑은 수지가 전혀 안 맞거든?!"

"흑, 으아아아아아아아앙."

글렌이 황급히 거절하려 하자, 우르가 큰 소리로 울기 시작했다.

"이 오빠가 내 도시락 훔쳐 먹었어어어어어~."

"자, 잠깐만 야!"

숨길 생각조차 없는 연기 그 자체였다. 우는 흉내를 내고 있지만, 눈은 전혀 울고 있지 않았다. 처음 만났을 때처럼 전혀 감정을 읽을 수 없는 게슴츠레한 눈이었다.

하지만 공원에 모인 통행인들이 그런 속사정을 알 리 없었다.

쓰레기를 보는 듯한 차가운 시선들이 글렌의 가슴에 푹푹 꽂혔다.

"그만해! 도시락을 준 건 고맙지만, 그 우는 척하는 건 제발 멈춰!"

"으아아아앙~ 나 알아. 내가 계속 「도시락 훔쳐 갔어~」라고 우는 척하면 경비들이 달려와서 선생님 인생도 끝장이라는걸~. 으아아아아아아앙~."

"요, 요 꼬맹이가?!"

이제는 더 이상 간과할 수 없었다.

"어른을 얕보지 마. 계속 장난치면 볼기짝 맞는 수가 있다? 애초에 누가 너 같은 이상한 꼬맹이가 하는 말을 믿겠……."

글렌이 손가락을 뚜둑뚜둑 꺾은 순간.

—우오오오오오오오오오! 그 도시락을 이리 내놔아아아아!

조금 전에 외쳤던 자신의 목소리가 크게 울려 퍼졌다.

"으에에엥. 우연히 주머니가 들어 있던 녹음 마술용 마정석에 이런 완벽한 증거가~. 흐에에에엥."

"컥……."

글렌의 표정이 다시 굳었다.

"어때요?"

울음을 딱 그친 우르가 여전히 감정을 읽을 수 없는 눈으로 글렌을 물끄러미 올려다보았다.

"마술, 가르쳐줄 거예요. 안 가르쳐줄 거예요?"

"……."

글렌은 깨달았다.

세상에는 절대로 저항할 수 없는 흐름이라는 것이 존재한다는 사실을.

"이젠 삶든 굽든 맘대로 하십쇼……"

글렌은 우르의 뒤를 따라 페지테의 뒷골목을 걷고 있었다.

이 도시에 관한 건 대부분 알고 있는 그조차 들어가 본 적 없는 외진 곳이었다.

"나한테 사람을 굽거나 삶는 엽기적인 취미는 없어."

"그런 뜻으로 한 말 아니거든?"

그런 식으로 평범한 대화를 나누던 둘은 이윽고 아담한 건물 앞에 도착했다.

"여기. 여기가 우리 집."

"응……?"

글렌은 그 건물의 현관 위에 달린 간판을 올려다보았다.

"『로람 마도구점』?"

"들어와요."

우르를 따라서 가게인 듯한 건물 안으로 들어갔다.

"호오."

그러자 글렌은 바로 감탄성부터 흘렸다.

가게 안에는 양피지 스크롤, 스펠북 노트, 마술식 구축용 수은 잉크, 마력이 통하는 물새의 깃털 펜, 각종 보석과 마정석, 광석 커팅용 툴, 다우징, 소형 화로와 연료, 연금술용 유리 기구 같은 알자노 제국 마술학원에 다니는 학생이 평소에 마술을 배울 때 쓰는 도구와 소모품들이 빼곡하게 진열되어 있었기 때문이다.

학생 입장에선 이 가게만 들러도 학용 필수품을 대부분 구할 수 있을 터.

품질도 좋고 가격 또한 시세에 비해서 파격적이었다.

페지테에 관한 건 알 만큼 안다고 자부하던 글렌조차 충격을 받을 정도였다.

"세, 세상에…… 페지테에 또 이런 훌륭한 가게가 있었다니."

"어머, 어서 오세요."

글렌이 주위에 진열된 상품을 놀란 눈으로 훑어보고 있자, 계산대 안쪽에서 한 여성이 가게로 나왔다.

우르와 똑같은 잿빛 머리카락. 우르와 닮은 아름다운 용모. 우르가 나중에 성장하면 분명 이렇게 되리란 예감을 주는 여성이었다.

"아~ 우르? 너희 언니야?"

"아니, 엄마야."

"헉?! 엄마라고?!"

밝혀진 충격적인 사실에 글렌은 우르와 여성을 번갈아 비교해보았다.

'어, 어딜 어떻게 봐도 나랑 비슷한 나이대로 보이는데…….'

"어서 오세요. 로람 마도구점에."

글렌이 뺨을 실룩거리며 응시하자, 그녀는 친근한 분위기로 인사말을 건넸다.

"품목과 품질에는 자신이 있으니 혹시 괜찮으시면 뭐 좀 사가세요."

"아, 아뇨. 저기, 전…… 손님이 아니라……."

“어머? 그런가요?”

여성이 유감스러운 듯 웃자 우르가 끼어들었다.

“엄마. 이 사람이 내 마술 가정교사를 해주겠대.”

“뭐?!”

그 말을 들은 여성은 화들짝 놀라 돌아보더니 곧 믿을 수 없다는 듯한 눈으로 글렌을 응시했다.

“아~ 그게…… 전 딱히 수상한 사람은 아니고요. 여러모로 유기적이고 복잡한 사정이 있어서…… 물론 폐가 된다면 이대로 돌아가겠습니다만.”

생각해 보면 딸이 갑자기 어디선가 데려온 남자가 수상하지 않을 리 없었다.

혹시 뭔가 좋지 않은 오해를 할까 싶어 쩔쩔매자 여성은 빠르게 달려오더니 눈시울을 붉히며 글렌의 손을 잡고 기쁜 목소리로 말했다.

“제 딸을 가르쳐주신다니 정말 감사합니다! 부디…… 아무쪼록 딸을 잘 부탁드려요! 선생님!”

“어, 어라……?”

하지만 예상과는 정반대의 반응에 글렌은 눈을 휘둥그레 뜰 수밖에 없었다.

————.

"뭐, 오늘은 여기까지 하자……. 【쇼크 볼트】의 기초 마술 이론은 이해했지?"

글렌은 거실 테이블 위에 펼친 교재를 정리하며 말했다.

"예, 이해했어요. 간단하네요."

우르는 깃털 펜으로 노트를 정리하며 쌀쌀맞게 대답했다.

"그럼 도구를 정리하고 올게요."

"그래."

그리고 노트와 교과서를 들고 거실에서 나갔다.

글렌은 그 뒷모습을 바라보며 이런 생각을 했다.

'이 녀석, 머리 엄청 좋네…….'

이 두 시간 동안 우르를 가르치며 느낀 인상이었다.

'문일지십(聞一知十)이라고 했나? ……이 정도로 우수한 학생은 진짜 하얀 고양이 이후로 처음 아냐?'

"수고하셨어요, 글렌 선생님."

그런 생각을 하는 사이에 우르의 어머니, 유미스가 홍차 세트와 케이크를 담은 쟁반을 들고 거실에 들어왔다.

"저기, 제가 만든 건데…… 괜찮으시면 좀 드세요."

"아, 고맙습다."

바로 포크로 케이크를 잘라서 입에 넣었다.

"……!"

그 순간, 품위 있는 단맛과 감촉이 입 안에서 상쾌한 하모니를 이루었다.

'아니, 뭐야 이거. 진짜 엄청나게 맛있잖아?'

얼마나 맛있는지 놀라서 그대로 굳어버릴 정도였다.

"저기…… 선생님. 그런데 저희 애는 좀 어떤가요?"

그러자 유미스가 홍차를 따른 찻잔을 글렌에게 건네며 물었다.

"아~ 솔직히 말하면 천재네요."

글렌은 찻잔에 입을 대며 기탄없이 말했다.

"애가 좀 되바라진 면이 있긴 해도 머리는 아주 좋습다. 이대로 공부하면 마술학원의 장학생을 진심으로 노려볼 수 있겠네요."

장학생 제도. 마술학원의 입학시험에서 특히 성적이 우수하며 장래성이 유망하다고 여겨지는 학생에게 학비를 면제해주는 제도다.

"까놓고 말해 저 같은 뜨내기가 아니라 제대로 된 가정교사를 붙여주는 게 어떨까 싶습니다만."

"……."

글렌은 좋은 마음으로 한 제안이었지만, 정작 유미스는 안색이 어두워졌다.

'내가 무슨 말실수라도 한 건가?'

"제 딸의 가정교사 일을 맡아주신 건 사실 선생님이 처음이랍니다…….”

글렌이 초조해하자 유미스가 본인들의 사정을 띄엄띄엄 밝히기 시작했다.

“전 어느 마술 명가에 시집을 가서 저 아이를 낳았는데…… 남편, 그러니까 저 아이의 아버지는 정말 몹쓸 사람이었죠.”

“…….”

“굉장히 이기적이고 폭력적인 사람이라…… 조금만 성질을 건드리면 바로 저와 우르를 때리고 발로 차고 욕설을 퍼붓곤 했죠. 전 어찌 되든 상관없었지만, 우르는 한때 정신적으로나 육체적으로나 한계에 내몰려서…… 남편의 발소리만 들어도 숨을 못 쉴 정도가 되기도 했답니다.”

“그게 사실입니까……?”

저 건방지고 만만찮은 우르에게 그런 힘든 과거가 있을 줄 전혀 몰랐던 글렌은 눈만 깜빡일 수밖에 없었다.

“예. 그래서 이혼을 결심한 전 우르를 데리고 그 집을 나왔죠. 남편에게서 딸을 지키기 위해서요.”

“그러셨군요. ……죄송합니다. 안 좋은 기억을 떠올리시게 해서.”

글렌이 사과했지만, 유미스는 괜찮다며 쓴웃음을 지었다.

“글렌 선생님도 느끼셨겠지만, 제 딸은 못난 저와 달리 정말 머리가 좋은 애예요. 그러니 딸의 장래를 위해서라도 꼭 마술학원에 보내고 싶었죠. 하지만 보시다시피 집을 나온 저희는 생활에 여유가 없다 보니 어떻게든 고개를 숙여가며 비용이 싼 가정교사를 구해봤지만, 아무래도 전남편이 뒤에서 손을 써서 바로 그만두도록 압력을 가하는 것 같더군요. ……아마 저희가 궁지에 몰리면 자기한테 돌아올 거라고 생각한 모양이에요."

"진짜 해도 너무하네요……."

마술 공부는 아무리 학생의 머리가 좋아도 교육 초기에는 제대로 기초부터 쌓게 해주는 스승의 존재가 필수적이었다. 마술 명가 출신인 전남편은 분명 그 사실을 알면서도 훼방을 놓은 것이리라.

"하지만 딸을 위해서라도 그 집에 돌아갈 수는 없죠. 그런 난폭한 인간이 옆에 있으면 분명 망가질 테니까요. 하지만 오히려 그 일 때문에 딸의 장래가 막히다니…… 전부 제 능력이 모자란 탓에……."

유미스는 그렇게 홀로 자책하다 글렌의 눈을 똑바로 쳐다보았다.

"그래서 전 더 기쁜 거랍니다. 글렌 선생님. 당신처럼 훌륭한 교사가 저 아이를 가르쳐주시게 돼서요. 제가 할 수 있는 일이라면 뭐든지 할게요! 그러니 부디…… 제 딸을 앞으로도 잘 부탁드리겠습니다! 이렇게 부탁드려요!"

그리고 깊이 고개를 숙였다.

"으음……."

"잘됐네요, 선생님. 엄마가 원하는 건 뭐든지 다 해준다잖아요?"

글렌이 곤란한 듯 뺨을 긁적거리자, 도구 정리를 마치고 다시 거실로 돌아온 우르가 귓속말을 건넸다.

"우리 엄만 굉장한 미인이고 가슴도 빵빵한 데다 돌싱…… 남자라면 그냥 군침이 막 도는 상황이죠? 좀 더 기뻐하세요."

"……이런 게 열세 살?"

글렌은 그저 어이가 없을 따름이었다.

"아무튼 뭐, 사정이 그래요. 전 어떻게 해서든 그 학교에 입학해서 장학생이 될 거예요. 그리고 열심히 공부하고 출세해서 엄마가 편한 삶을 누리게 할 거예요. 엄마는 제가 지킬 거라구요. 그러니 꼭 저한테 공부를 가르쳐주세요, 선생님."

우르는 자신 있게 가슴을 펴고 게슴츠레한 눈으로 글렌을 올려다보았다.

"얘, 얘가 정말. 난 신경 쓰지 말라고 했잖니. 엄마는 그냥 너만 잘되면 돼. ……돈도 열심히 일해서 조만간 어떻게든……."

"장사에 재능 없는 사람은 좀 조용히 해. 이 가게도 당장 망해도 이상하지 않은 상황이잖아. 마지막으로 손님이 온 게 몇 달 전이더라?"

"흐흑, 너무하잖니……."

"흥……."

울상이 된 유미스에게 코웃음을 치는 우르.

글렌은 그런 모녀를 쳐다보며 생각에 잠겼다.

'솔직히 좀 미묘하단 말씀이야. 마술학원의 강사가 허가 없이 학교 밖에서 마술을 가르치는 건 원칙상 금지인데…… 뭐, 허가야 받으면 되지만 집안 사정을 봐선 사례도 크게 기대할 수 없을 거 같고.'

하지만 이 화목한 모녀의 모습에서 과거의 자신과 세리카가 겹쳐 보인 글렌은 도저히 이 둘을 못 본 척할 수 없었다.

"아, 젠장!"

정에 약한 자신을 자책하며 결국 각오를 굳혔다.

"알았다, 알았어. 가르쳐줄게. ……본격적으로 말이지."

"저, 정말인가요?! 감사합니다!"

그러자 유미스가 활짝 웃으며 글렌의 손을 잡더니 몇 번이고 고개를 숙여 감사를 표했다.

"그, 그런데…… 사례는…… 지, 지금 당장은 무리지만…… 조만간 반드시 마련해드릴게요! 설령 제 내장을 팔아서라도! 서, 선생님이 원하신다면 그, 제, 제제제, 제 몸으로라도!"

"부탁이니까 제발 좀 진정하십쇼."

유미스가 「진심」으로 한 말이라는 것을 눈치챈 글렌은 핏기가 가신 얼굴로 사양했다.

"금전적인 보상은 딱히 필요 없습다."

"예?! 하, 하지만…… 그럼 선생님께 너무 죄송해서……."

당혹스러워하는 유미스 앞에서 글렌은 케이크 접시를 들

고 한 입 베어 물었다.

"음~ 이거 진짜 맛있네요. 유미스 씨가 직접 만드신 건가요?"

"예? 아, 예…… 요리가…… 제 유일한 특기라서요."

"그럼 이 케이크를 먹으러 오는 셈 치죠. 뭐."

글렌은 어깨를 으쓱이며 쓴웃음을 지었다.

"서, 선생님…… 전 정말 뭐라 감사를 표해야 좋을지……."

감격한 유미스는 손을 맞잡고 눈물을 글썽거렸다.

"흐응~? 의외로 배짱이 없네요, 선생님. 우리 엄만 이렇게나 젊고 미인인데 말이에요. ……뭐, 진심으로 엄마한테 손을 대려고 했다면 당장 경라서로 달려갔겠지만."

우르는 여전히 게슴츠레한 눈으로 이쪽을 쳐다보고 있었다.

아무튼 이렇게 해서 글렌과 마도구점 모녀의 기묘한 교류가 시작되었다.

며칠 후.

알자노 제국 마술학원 2반 교실.

"이, 이상해……!"

시스티나는 망연자실한 얼굴로 루미아와 리엘 앞에 서 있었다.

"요즘 선생님이 뭔가 이상해!"

"그건 그래……."

"응."

그 의견에는 루미아와 리엘도 동의했다.

"요즘 왠지 방과 후만 되면 바로 귀가하시는 거 같지 않아?"

"맞아. 그렇다고 수업에 집중하지 못하시는 건 아니지만…… 왠지 좀 즐거워 보이시던걸."

"애초에 선생님은 벌써 며칠은 굶으셨을걸? 그런데 왜 저렇게 쌩쌩한 거지? 슬슬 바닥에 머리 박고 사과하러 오실 것 같아서 나도 몰래 도시락을 싸…… 으흠! 으흠! 아무튼 요즘 선생님은 뭔가 이상해도 너무 이상해!"

시스티나가 그런 식으로 의심한 순간.

"이걸지도."

리엘이 갑자기 새끼손가락을 세워 들었다.

"어……?"

"카슈랑 남자애들이 그랬어. 남자가 이럴 땐…… 보통 이거라고."

"……."

"그런데 이게 뭘까. 새끼손가락은 왜? 다치기라도 한 거야?"

리엘은 평소처럼 졸린 듯한 무표정이었지만, 시스티나와 루미아는 왠지 창백한 얼굴로 서로 마주 보더니 고개를 깊게 끄덕였다.

"이쪽은 선생님 댁 방향이 아닌데…… 역시 뭔가가 있어!"

이래저래 해서 방과 후.

시스티나 일행은 오늘도 일찍 귀가하는 글렌의 뒤를 몰래 쫓았다.

음성 차단 결계를 펼치고 기척을 완전히 지운 본격적인 미행이었다.

"그건 그렇고 꽤 외진 곳까지 왔네. ……이런 곳에 대체 뭐가 있다는 걸까?"

"글쎄……?"

의문을 품은 소녀들 앞에서 골목길을 거침없이 나아간 글렌은 이윽고 작은 건물 앞에 도착하더니 망설임 없이 안으로 들어갔다.

"마, 마도구점……? 이런 곳에도 있었구나. 처음 알았어."

"그런데 글렌은 이 가게에 무슨 볼일이 있는 거야?"

조금 놀라긴 했지만, 소녀들은 곧 현관으로 다가가 문의 유리창 너머로 안의 상황을 살폈다.

"어머나, 선생님. 오늘도 잘 오셨어요."

그러자 가게 안쪽에서 묘령의 미녀가 글렌을 맞이했다.

"여, 여자아아아아아아아아아아아아아아아아아아아아아?!"

시스티나는 반사적으로 비명을 질렀다. 음성 차단 결계가 없었으면 분명 바로 들켰으리라.

"루, 루루루, 루미아. 이걸 어쩜 좋지?! 정말 이거였어!"

그리고 새끼손가락을 들고 다급히 흔들었다.

"지, 진정해. 시스티! 아직 확정된 건 아니잖아! 어쩌면 일 때문에 오신 걸지도……."

"전 이렇게 선생님을 다시 뵐 순간을 정말 애타게 기다렸답니다. 오신다는 생각만 해도 그만 가슴이 설레서……."

"이건 이미 확정이잖아?!"

루미아도 울상이 돼서 소리쳤다.

리엘은 무슨 상황인지 몰라 머리 위에 물음표를 띄웠지만, 시스티나와 루미아는 아비규환 그 자체였다.

"오? 그럼, 오늘도 기대해도 되겠습까?"

"후훗, 물론이죠. 분명 선생님도 만족하실 거예요. 달콤한 어른의 시간을 당신에게……."

"어, 어른의 시간?! 그게 뭐야! 그게 대체 뭔데!"

"그러고 보니 우르는요?"

"딸은 방금 심부름을 보냈답니다. 지금은…… 당신과 저, 둘뿐이에요. 그러니 이 틈에…… 좀 드시지 않겠어요?"

"드셔?! 대체 뭘?!"

"괜찮으시겠습까?"

"예. 그리고…… 딸이 있으면 아무래도 좀…… 아무튼 아직 어린애인 걔한테는 좀 이르잖아요?"

"역시 그거야?! 자녀 교육상 좋지 않은 어른의 그렇고 그런 일?! 아니, 그보다 저 사람! 애 딸린 유부녀였어?! 사생활이 너무 문란하잖아아아아아아아아아!"

"죄송하지만 오늘 전 굶주린 늑대입다. 각오하시죠."

"기뻐요……. 그럼 만족하실 때까지 드셔주세요. 선생님을 위해서라면 전 얼마든지 내드릴 테니까요. 자, 어서 이쪽으로……."

"늑대는 또 뭔데! 가슴?! 역시 가슴이구나?! 가슴 크기야말로 이 세상의 진리이자 전부였던 거야?! 으아아아아아아아아앙!"

여성을 따라 가게 안쪽 방으로 사라진 글렌을 본 시스티나는 울면서 그 자리에 주저앉고 말았다.

"음……. 잘 모르겠어. 결국 글렌은 뭘 하는 거야? 뭘 먹어?"

"그건 저기…… 리엘도 어른이 돼서 연인이 생기면 알 수 있을 거야."

고개를 갸웃거리는 리엘에게 루미아도 퀭한 눈으로 말을 건넸다.

"여러분, 남의 가게 앞에서 지금 뭐 하세요? 방해되거든요?"

그러자 마침 장을 보고 돌아온 우르가 게슴츠레한 눈으로 셋을 흘겨보았다.

———.

"먹는다는 게 디저트였어요?! 사람 헷갈리게 하지 마시라구요!"

우르를 따라 거실로 들어가서 유미스의 설명을 들은 시스티나는 이상한 망상을 한 자기 머리를 감싸 쥐며 부끄러움에 몸을 비틀었다.

"예. 선생님께 맛있다는 말을 듣고 싶어서 늘 가슴이 설레더라구요. 거기다 오늘 과자는 술이 약간 들어간 탓에 딸이 먹기엔 아직 이르다는 생각이 들어서……."

"그, 그러셨군요……."

루미아로 새빨개진 얼굴로 죄송스러워 어쩔 줄 몰라 했다.

"그건 그렇고…… 설마 저 인간이 무보수로 가정교사 일을 할 줄은……."

시스티나는 턱을 괴며 글렌 쪽을 흘겨보았다.

"우르. 마술사에게 가장 필요한 게 뭐지? 말해봐."

"지식. 마력. 재능. 돈."

"그게 아니라고 했잖아! 장난치지 말고 똑바로 말해."

"예, 예. 본인의 의지…… 스스로가 뭘 위해 마술을 배우고 쓰는지를 잊지 말라는 거죠? 하~ 매일 듣느라 진짜 귀에 딱지가 앉겠어요. 제가 몇 번을 말해야 만족할 건가요?"

"그만큼 중요한 거라서야. 거기다 너처럼 재능 넘치는 녀석은 내 경험상 잘나가면 흔들리기 쉬워. 다양한 의미에서 주위가 널 가만히 두지 않을 테니 말이지. 안타깝지만, 재능이 있는 인간일수록 길을 엇나가기 쉬운 게 마술사의 현실이야."

"……."

"그러니 당장은 네가 아무리 지겨워해도 난 입이 부르트도록 말할 거다. 전부 널 위해서야. 이게 싫으면 내 수업은 그만 받아도 돼."

"아, 알았다구요……."

"훗, 알면 됐다. 자, 교과서부터 펼쳐. 그러니까 오늘은……."

"정말 훌륭한 선생님이시네요……."

세 사람이 그 모습을 지켜보고 있자, 마침 유미스가 오늘의 디저트를 가져왔다.

브랜디 향이 달달하게 풍기는 파운드케이크였다.

“글렌 선생님은 여러분의 담임이시죠? 선생님을 번거롭게 해서 정말 미안해요.”

“아, 아뇨. 전 딱히 상관없는데…….”

시스티나는 홍차를 마시며 의문을 입에 담았다.

“그런데 왜 글렌 선생님인 건가요? 우르랑 선생님 사이에 무슨 접점이라도 있었나요?”

“사실 딸은 전부터 글렌 선생님을 알고 있었다고 하더군요. 제가 듣기론 선생님께서 여러분과 즐거운 얼굴로 떠들썩하게 학교에 다니는 모습을 자주 본 적이 있다고요.”

“아, 그래서 선생님의 직업이 마술강사고 나쁜 분이 아니라는 걸 안 거군요.”

그제야 납득한 듯 고개를 끄덕이는 루미아에게 유미스는 자신들의 사정을 밝히기로 했다.

“저 아이가 그렇게까지 해서 선생님께 가르침을 청한 건 사실…….”

………….

“으, 으아아아아아앙! 저, 정말 착한 애잖아!”

모든 사정을 알게 된 시스티나는 소리 내어 울었다.

“흑…… 우르, 참 기특하기도 하지.”

루미아의 눈가에도 작게 눈물이 맺혔다.

"응. 우르는 착해."

리엘도 힘차게 고개를 연신 끄덕였다.

"아하하, 제가 좀 더 능력 있는 엄마였으면 좋았겠지만…… 저 때문에 딸이 부담을 지고 많은 걸 참아야 하는 건 역시 아무래도……."

"아니에요! 유미스 씨는 훌륭한 어머니세요!"

"당당하게 가슴을 펴주세요."

유미스가 미안해하자 시스티나와 루미아가 저마다 격려의 말을 전했다.

그리고 시스티나는 뭔가를 결심한 듯 말했다.

"저, 저도! 저도 선생님의 제자로서 힘이 돼 드릴게요! 선생님을 돕는 건 제 특기거든요!"

"어라? 시스티, 괜찮겠어? 이젠 선생님이랑 두 번 다시 말도 안 붙일 거라며?"

그러자 루미아가 장난스럽게 웃었다.

"시, 식권 횡령 사건은 아직 용서한 건 아니지만! 그래도 뭐, 이렇게 몰래 선행을 쌓고 계신 걸 보니 나도 어른스럽게 굴지 못한 게 후회가 되고…… 이젠 뭐 괜찮겠다 싶어서……."

시스티나는 쩔쩔매며 변명했다.

"아, 아무튼! 제 특기는 흑마술이에요! 흑마술이라면 우르한테 가르쳐줄 수 있을 거예요!"

"시스티나 양……."

"제 특기는 백마술이랍니다. 저도 우르의 입시를 도울게요."
"루미아 양도……."
"응. 난 대검이 특기. 입학시험을 위해 우르한테 대검 쓰는 법 가르쳐줄게."
"리엘 양까지…… 하지만 대검과 마술이 무슨 관계가……?"
그런 식으로 네 사람이 떠들썩한 한편.
"글렌 선생님. 선생님 주위에는 선생님을 포함해서 다들 좋은 사람뿐이네요."
수업을 듣던 우르가 깃털 펜을 돌리며 말했다.
"뜬금없이 뭔 소리래. 아니, 따지고 보면 난 네 함정에 빠진 것뿐이거든? 그걸 벌써 잊은 줄 알았어?"
우르의 머리통을 콱 움켜잡은 글렌이 어이없는 목소리로 대답했다.
"음. 그건 그렇……지만, 그래도 선생님이라면 사실 그런 어린애 장난쯤…… 가볍게 무시하실 수 있었잖아요?"
"……."
"하지만 그런데도, 선생님은 이토록 성실하게 절 가르쳐주고 계세요. ……그렇게 할 의리나 의무가 전혀 없는데도요."
글렌은 조용히 우르의 혼잣말을 들었다.
"우리 집은 가난해서 장학생이 아니면 마술학원에 다닐 수 없어요. 그래서…… 전, 그때 정말 조바심이 나서…… 이대로는 안 되겠다 싶었어요. 하지만 절 도와줄 사람은 아무도 없어서…… 그래서 그런 방법을…… 그러니 전 선생님께 사과를 드려야 하는데…… 선생님. 전…….”

우르가 고개를 떨구고 작은 목소리로 뭔가를 말하려 한 순간.

“옷자락만 스쳐도 전생의 인연이라는 말이 있지.”

글렌은 우르의 머리를 거칠게 쓰다듬으며 그녀의 말을 끊었다.

“아이를 돕는 건 어른의 역할이야. 하물며 마침 그럴 만한 여유가 있다면 더더욱. 그렇게 생각하지 않아?”

“서, 선생님…….”

“뭐, 너희 어머님의 케이크가 맛있는 것도 있고. 그러니 어머님께 감사드려.”

그리고 내심 기쁜 얼굴로 계속 머리를 쓰다듬어 주었다.

“그보다 네가 아무리 머리가 좋아도 장학생이 되려면 어지간한 노력으론 불가능해. 그러니 앞으로 더 호되게 가르칠 거다. 너야말로 우는소리나 하지 마.”

“무, 물론이죠! 전 반드시 그 학교에 장학생으로 입학할 거예요!”

“훗, 좋은 대답이네.”

우르의 기백을 느낀 글렌은 입가를 끌어올리며 웃었다.

그렇게 글렌 일행과 유미스, 우르 모녀의 따스한 교류가

시작되었다.

그들은 방과 후 정기적으로 『로람 마도구점』에 모여 우르의 공부 모임을 열었고, 글렌은 주로 우르의 수업을 그리고 시스티나와 루미아와 리엘은 학교에서 내준 숙제를 풀었다.

우르가 공부하다 막힐 때는 시스티나와 루미아가 숙제를 푸는 틈틈이 도와주었다. 그녀들에게 있어 우르는 미래의 후배. 그러니 가르칠 때도 자연스럽게 정성이 들어갈 수밖에 없었다.

또한 우르는 숙제가 전혀 진전이 없는 리엘을 상대로 글렌과 시스티나와 루미아에 배운 것을 가르침으로써 한층 더 마술에 대한 이해력을 키울 수 있었다.

"있지, 글렌. 우르의 설명은 알아듣기 쉬워. 덕분에 숙제 끝났어.

"리엘……. 넌 그걸로 괜찮은 거냐……?"

뭔가 잘못돼도 단단히 잘못된 것 같았지만, 아무래도 우르에게 도움이 된다면 크게 문제 될 건 없으리라.

"여러분, 다과를 좀 가져왔어요. 오늘은 딸기 타르트랍니다~."

공부 모임이 끝나면 다 같이 유미스가 만든 디저트로 다과회를 즐겼다.

나이 차이가 조금 나긴 해도 여자인 우르는 이런 자리를 몇 차례 가지는 동안 어느새 연상의 소녀들 틈에 자연스럽게 녹아들 수 있었다.

"까놓고 말해 선배들은 언제 선생님께 고백할 건가요?"

"푸읍?!"

"뭐어?!"

우르의 폭탄 발언에 시스티나와 루미아는 성대하게 찻물을 뿜었다.

"우, 우우우, 우르?! 너, 그게 지금 무슨……?!"

"우, 우린 딱히 그런……!"

"아니, 솔직히 보고 있으면 알겠던데요."

"아하, 아하하. 그런가? 우르는 참 조숙하네……."

"아니, 그런 식으로 연상인 척 여유 부리고 있을 때가 아닌 것 같은데요. 선배들, 위기감이 좀 부족한 거 아닌가요? 그런 식이면 갑자기 툭 튀어나온 후발 주자한테 선생님을 홀라당 뺏길지도 모른다구요?"

"윽……."

"그, 그건 그러니까……."

그 순간, 머릿속에 한 붉은 머리 여성의 모습을 동시에 떠올린 시스티나와 루미아는 말문이 막힐 수밖에 없었다.

"하~ 선배들이 그러고 있으니까 또 새로운 라이벌이 늘어날지도 모르는 사태가 된 건데 말이에요~."

우르는 그렇게 투덜대며 어딘가를 힐끔 쳐다보았다.

"어머나, 학교에서 그런 일이 있었나요?"

"그렇다니까요? 나 원, 진짜 손이 많이 가는 녀석들이랄까……."

"후훗, 선생님 반은 하루하루가 떠들썩해서 참 즐거울 것 같네요."

조금 떨어진 곳에서 글렌과 유미스가 차를 마시며 담소를 나누고 있었다.

따스한 눈으로 글렌을 쳐다보며 즐겁게 떠드는 유미스의 뺨은 살짝 홍조를 띠고 있었다. 저 표정은 마치…….

"자, 잠깐 농담하는 거지?! 하지만 유미스 씨는 돌싱이시잖아! 그, 그런데도……."

"아니, 우리 엄마지만 제법 가능성이 있을걸요. 나이에 비해 소녀 같은 구석이 있는 데다 무엇보다 아직 스물여덟밖에 안 됐잖아요. 저도 재혼 상대가 선생님이라면 괜찮을 것 같구요."

우르가 내심 기쁜 얼굴로 그렇게 말한 순간.

"루, 루루루, 루미아! 지, 지지집에 가면 작전 회의부터 하자!"

"으, 응! 그래! 이브 씨도 그렇고 유미스 씨도 그렇고 더 이상 라이벌들의 공세를 두고 보고만 있을 수는 없는걸! 우리도 슬슬 움직여야지!"

시스티나와 루미아는 눈을 빙글빙글 굴리며 당황하기 시

작했다.

“하핫, 선배들은 보고 있으면 질리지 않네요.”

우르는 그 모습을 즐거운 눈으로 바라보았다.

“저기, 우르. ……이 딸기 타르트 엄청 맛있어.”

한편, 리엘은 시스티나와 루미아가 당황하든 말든 눈을 반짝거리며 딸기 타르트에 빠져 있었다.

“리엘 선배는 아직 연애보다 식욕이 우선인가요. 예, 제 몫도 드릴게요. 드세요.”

“정말?”

“예, 전 언제든지 먹을 수 있으니까요.”

“고마워. 우르는 참 착해. 응. 만약 우르가 입학하면 내가 많이 돌봐줄게. ……선배로서.”

“굳이 따지자면 제가 선배를 돌보게 될 것 같은데요…….”

우르는 쓴웃음을 지으며 떠들썩해진 집 안을 둘러보았다.

아버지의 폭력을 견디다 못해 집에서 뛰쳐나온 이후로 어머니와 단둘이 살아온 그녀.

그런 생활도 어머니만 곁에 있으면 딱히 불만은 없었지만, 그래도 지금은 이 조금 떠들썩한 생활도 나쁘지 않았다.

진심으로.

‘그땐 무서웠지만 용기를 내서 선생님께 말을 걸어보길 잘한 것 같아…….’

어머니와 담소를 나누는 글렌을 물끄러미 쳐다본 우르는

마음속으로 강하게 결심했다.

'고마워요, 선생님. 저, 열심히 해볼게요.'

그런 따스한 일상이 천천히 흘러갔다.

그리고…….

"후훗, 우르, 오늘도 선생님이랑 언니들이 오는 날이지? 슬슬 준비하는 게 어떠니?"

"괜찮아. 조금 더 도울게."

유미스와 우르는 로람 마도구점에서 청소와 상품 정리를 하고 있었다.

"엄마, 요즘 가게 좀 바빠졌지?"

"후훗, 맞아. 정말 다행이지 뭐니."

유미스의 상품에 대한 안목은 확실했지만, 열악한 입지 조건과 경영 능력. 특히 선전 전략이 거의 없던 탓에 이 가게는 얼마 전까지만 해도 파리만 날리고 있었다.

하지만 지금은 제법 손님이 드나들고 있었다.

양질의 마술 필수품을 꽤 싼 가격에 취급한다는 사실을 글렌 일행이 선전해준 덕분에 마술학원의 학생들이 자주 이용하게 되었기 때문이다.

"덕분에 요즘은 생활에도 조금 여유가 생겼고, 네 공부도 순조로우니…… 글렌 선생님께는 정말 아무리 감사해도 모자랄 정도야."

유미스는 뺨을 붉히며 기쁜 듯 미소 지었다.

그런 어머니를 물끄러미 쳐다보다가 시선을 돌린 우르는 머리카락을 손가락에 빙글빙글 휘감으며 왠지 쌀쌀맞은 말투로 말했다.

"그래서? 실제로는 어때? 엄마."

"응?"

"선생님 말이야. 글렌 선생님. 엄마는 아직 젊으니 괜찮다고 생각해. 나도 새아빠가 글렌 선생님이라면 전혀 불만 없고."

유미스는 잠시 눈을 깜빡거리며 딸을 쳐다보았지만, 곧 흐뭇한 미소를 지었다.

"후훗, 걱정하지 말렴. 우르. 이 엄마는 너한테서 선생님을 뺏어가지 않을 테니까."

"뭐?!"

그 순간, 우르가 얼굴을 새빨갛게 붉히며 유미스를 돌아보았다.

"그, 그그, 그게 무슨 소리야?!"

"라이벌은 내가 아니라 오히려 시스티나 양이랑 루미아 양 아니겠니? 선생님은 멋진 분이라 너도 정신 똑바로 차리지 않으면 눈 깜짝할 사이에 뺏겨 버릴걸?"

"아, 아아아, 아니야! 난 전혀 그런 게 아니라구! 대체 무슨 오해를 하는 건데!"

우르는 당황하며 거칠어진 목소리로 부정했다. 그런 사랑스러운 딸의 모습에 유미스는 절로 웃음이 나올 수밖에 없었다.

그런 따스하고 평화로운 분위기가 가게에 충만해진 순간.

딸랑딸랑…….

현관문이 열리며 종이 울리고 여러 사람의 발소리가 가게 안으로 들어왔다.

"아, 선생님일지도?!"

억지로 화제를 바꾼 우르는 현관 쪽으로 도망치듯 달려갔다.

"어서 오세요, 선…… 어?"

하지만 방문객의 모습을 본 순간, 우르는 절망에 잠긴 눈으로 돌처럼 굳어버릴 수밖에 없었다.

가게에 들어온 것은 여러 명의 남자.

그중에서도 맨 앞에 있는 덩치 큰 남자가 사납게 웃으며 우르를 쳐다보았다.

"하! 오랜만이구나. 내 딸."

———.

"안녕하심까~."

글렌은 평소처럼 로람 마도구점에 들어갔다.

"선생님도 참! 오늘은 완전히 지각이잖아요!"

"어쩔 수 없잖아, 시스티. 오늘은 학원 강사 일이 있으셨는걸."

"그, 그건 그렇지만……."

"음……. 오늘은 무슨 디저트가 나올지 엄청나게 기대돼."

뒤를 이어 시스티나, 루미아, 리엘도 가게에 들어왔다.

"응……?"

하지만 글렌은 곧 가게의 분위기가 왠지 평소와 다르다는 것을 눈치챘다.

"뭐지?"

항상 가지런히 정돈되어 있던 상품들이 엉망이 되어 있었다. 마치 난투극이라도 일어났던 것처럼.

"……."

이어서 상품이 난잡하게 흩어진 바닥에 힘없이 주저앉아 고개를 떨군 유미스의 모습도 눈에 들어왔다.

"유미스 씨?!"

글렌은 황급히 달려가 그녀의 어깨를 두드렸다.

"무슨 일이에요! 대체 무슨 일이 있었던 거죠? 우르는 어디에 있는 겁니까!"

"그, 글렌…… 선생님……."

고개를 든 유미스는 조용히 울음을 터트렸다.

"아, 흑…… 히끅…… 우르가…… 우르가아……."

그녀는 글렌 일행을 보자마자 두 손으로 얼굴을 덮으며

흐느껴 울었다.

"제길! 뭐, 그런 인간이 다 있어?!"

겨우 마음을 가라앉힌 유미스에게서 사정을 들은 글렌은 너무 화가 난 나머지 욕설을 퍼부었다.

"너, 너무해. 이제 와서 친권을 빼앗아 가다니……!"

시스티나도 분통을 터트렸다.

유미스의 말에 따르면 조금 전 전남편이자 우르의 아버지인 달칸이 와서 딸을 데려갔다고 한다.

가문을 계승할 후계자가 필요했던 건지 아니면 단순한 변덕인지 모르겠지만, 아무튼 달칸은 너무나도 갑작스럽게 등장해 그녀로부터 딸을 빼앗으려 한 것이다.

당연히 유미스는 거부했다.

하지만 달칸은 오늘 이날을 위해 뒤에서 손을 쓴 건지, 친권은 이미 그에게 넘어간 상태였다는 모양이다.

그 증거인 서류를 보여준 이상 그녀로서는 손쓸 방법이 없었다.

"그리고 그 사람이 부하인 마술사들까지 데려오는 바람에…… 전 막을 수가……."

"잠깐만요, 유미스 씨."

하지만 글렌은 이 이야기에서 도저히 납득할 수 없는 점을 한 가지 찾아냈다.

"아이의 친권을 이양할 때는 아이 본인의 의지와 동의도 필요할 겁니다. 아무리 법적으로 친권을 가져가도 아이가 그걸 거부하면 무효예요. 그런데 우르가 부친 쪽을 선택할 리가……."

그러자 유미스는 생기가 전부 빠져나간 듯한 얼굴로 입을 열었다.

"우르는…… 그 애는…… 아버지의 말을 거역하지 못해요."

"……?!"

"전에도 잠깐 말씀드렸지만…… 그 애는 예전에 아버지의 일상적인 폭력에 시달린 탓에 그 사람의 말이라면 거역할 수 없게 됐어요. 그러니 아버지가 오라고 협박하면…… 우르는 그 말을 따를 수밖에 없다구요."

"크?!"

글렌이 이를 악물자 유미스가 흐느껴 울기 시작했다.

"흐윽…… 미안…… 미안해, 우르야. 못난 엄마라 정말 미안해…… 흑…… 흑흑……."

그 비통한 모습에 소녀들은 일제히 글렌을 돌아보았다.

"선생님……."

"그래, 나도 알아."

글렌은 결의를 불태우며 자리에서 일어났다.

________.

우르와 그녀의 아버지 달칸은 현재 손을 잡은 채 어딘가를 걷고 있었다.

마법사 몇 명이 주위를 단단히 지키고 있어서 우르가 도망칠 가능성은 어디에도 없었다.

"하하, 우르. 이렇게 부녀끼리 걷는 것도 오랜만이구나. 기쁘지? 응? ……기쁘다고 말해."

"예에……."

사실 새파랗게 질린 얼굴로 떨고 있는 지금의 그녀에겐 도망칠 기력조차 없었지만 말이다.

그런 우르의 얼굴과 팔다리에는 누군가에게 맞아서 생긴 듯한 멍이 있었다.

통행인들이 그런 안쓰러운 소녀의 모습을 불안한 눈으로 쳐다보는 가운데 정작 그 가해자인 달칸은 개의치 않고 퉁명스럽게 말했다.

"뭐야 너. 아빠랑 걷고 있는데 전혀 안 기뻐 보인다? 응?"

"아, 아니에요! 기, 기뻐요…… 정말 기쁘다구요!"

우르는 기겁하며 몸을 움츠렸다.

"그러니 때리지 마세요! 이제 그만……!"

"아앙? 내가 너한테 뭐 잘못이라도 저질렀어? 말귀를 못 알아듣는 자식을 교육하는 건 부모의 의무잖아?"

달칸은 손바닥으로 우르의 머리를 후려쳤다.

"히익?!"

"뭐, 오늘 이 몸은 기분이 좋으니 용서해주마. 너도 그렇지? 날 버리고 간 그 멍청한 가난뱅이 여자한테서 벗어나서 너도 기쁘지? 응?"

"으…… 흑……."

"결국 넌 내 밑에 있어야 행복한 거야. 이러니저러니 해도 우수한 내 피를 물려받은 내 자식이니 말이다. 그러니 널 우리 가문을 이을 자격이 있는 훌륭한 마술사로 만들어주마. 자, 어서 기뻐해 보렴. 응?"

달칸은 계속해서 손바닥으로 우르의 머리를 후려쳤다.

"아앗, 아파요……. 때리지 마세요……."

우르의 마음은 이미 공포와 절망으로 터져버릴 것만 같았다.

달칸의 손바닥이 머리를 세게 칠 때마다 숨이 막혀서 피리처럼 가는 숨소리가 새어 나오기 시작한 순간.

"너, 인마……. 거기 서."

그런 일행의 앞을 막아서는 남자가 있었다.

글렌이었다.

"서, 선생님……?"

우르는 울어서 부은 눈으로 그런 그를 쳐다보았다.

"누구냐. 넌."

달칸은 귀찮다는 듯 그런 그를 흘겨보았다.

"난 그 아이의 친권 관련 문제를 담당하는 유미스 씨 쪽 변호사다. 이번 친권 이양 문제로 할 말이 있어서 왔다!"

"뭐어? 변호사? 그 여자한테 그런 걸 고용할 여유가 있었나? 뭐, 아무렴 어때."

그러자 달칸은 비웃음을 흘리며 서류를 꺼냈다.

"유감이지만, 친권 이양은 보다시피 정식 절차를 거쳐서 마무리됐으니 네가 나설 차례는 없어. 변호사 양반."

"그 말을 똑같이 돌려주지. 법무원 생활과의 허가 도장이 찍히지 않은 그런 위조 서류가 나설 차례는 없다고 말이야. 가난해서 변호사를 고용할 수 없는 유미스 씨라면 속일 수 있을 줄 알았나? 사회를 너무 만만하게 보는 거 아냐?"

그러자 달칸이 노골적으로 혀를 찼다.

"그게 뭐……. 이번에는 어쩌다 보니 서류에 문제가 있었던 모양인데…… 다음엔 제대로 된 서류를 갖추면 될 뿐이잖아?"

"……."

글렌은 입을 다물었다.

그렇다. 사실 이건 서로의 꼬리를 물고 늘어지는 싸움이다. 저 남자는 다음에 훨씬 더 정밀한 위조 서류를 돈과 권력을 통해 준비하면 그만일 터.

그렇게 되면 원래 변호사도 법조인도 아닌 글렌에게 승산은 없었다.

그러니 이 문제의 돌파구를 열 수 있는 건 처음부터 단 한 명뿐이었다.

"본인의…… 피보호자인 우르 본인의 의사를 다시 확인하겠어."

"……!"

그 말을 들은 순간, 우르는 눈을 크게 떴고 달칸이 비웃음을 흘렸다.

그렇다. 친권 소재의 최종 결정권은 사실 피보호자. 즉, 이혼한 부부의 자식인 우르에게 있었다.

"우르. 넌 어머니와 아버지 중 누구랑 같이 살고 싶은 거니?"

글렌은 조용한 목소리로 물었다.

평소였다면 여기서 금방 끝날 문제였다.

하지만 달칸은 자신의 승리를 자신하며 우르에게 말했다.

"아~ 물론 나겠지?"

"……?!"

그 순간, 우르의 몸이 소스라치게 떨렸다.

어깨에 올린 달칸의 손이 그녀의 어깨를 강하게 움켜잡았기 때문이다.

"으, 아윽……?!"

우르의 얼굴이 고통스럽게 일그러졌다.

"그야 그런 멍청하고 가난한 여자랑 사는 것보다 나랑 살면 더 풍족한 삶을 누릴 수 있을 테니 말이다. 게다가 그 멍청한 여자와 나…… 아이의 본보기가 될 만한 부모가 누군지는 이미 누가 봐도 명백하잖아?"

"아…… 으…… 아아……."

"왜 입 다물고 있는 거지? 냉큼 말해. 나라고 말하라고. 아앙?"

"아, 아파…… 으, 흐윽……."

뼈가 부러질 듯한 통증에 우르의 얼굴이 한층 더 일그러졌다.

그녀가 느끼는 공포와 절망은 이미 허용치를 넘어서 있었다.

그래서 우르의 본능은 이 상황에서 한시라도 빨리 벗어나기 위해 쉬운 선택지로 도피하려 했다.

"나, 난…… 어, 엄마……보다…… 아, 아빠랑…… 아…… 아……."

법적 구속력을 가진 치명적인 언질이 그녀의 입에서 튀어나오려 한 바로 그 순간.

"우르! 마술사에게 가장 필요한 게 뭐였지?! 어디 말해봐!"

"……?!"

글렌의 외침을 들은 우르는 눈을 크게 떴다. 그것은 그가 우르를 가르칠 때 늘 반복해서 던진 질문이었다.

"애당초 네가 마술사가 되고 싶었던 건 뭘 위해서였지? 그걸 떠올려봐! 네가 무엇을 위해 나한테 가르침을 청한 건지! 난 그런 것조차 모르는 멍청이를 가르친 기억은 눈곱만큼도 없다고!"

"……그, 그건."

"이 세상은 잔혹해! 결국 최종적으로 스스로를 지킬 수 있는 건 본인뿐이야! 나도 유미스 씨도 계속 널 지켜줄 거라는 보장은 어디에도 없어!"

"서, 선생님……."

"하지만…… 넌 아직 애야! 자기 몸은 알아서 지키라는 요구까진 안 해! 그 대신 본인이 어떤 생각을 하는지 정도는 어른에게 분명히 밝혀! 용기를 내고 네 의지로 손을 뻗어서 도움을 요청해봐! 그러면…… 지금은 아직 내가 지켜줄 수 있어! 그게 바로 어른의 역할이니까!"

속사포 같은 글렌의 말을 들은 우르의 떨림이 멎었다. 공허했던 눈에 서서히 빛이 돌아오기 시작했다.

"하~ 귀찮게 굴기는. 뭐야 너. 변호사 아니었어? 교사? ……진짜 영문을 모르겠구만."

예상 밖의 사태에 달칸은 짜증스럽게 머리를 긁적이며 우르의 목을 움켜잡았다.

"뭐 하냐, 이 쓰레기야. 얼른 말하라고 했지. 누굴 따라갈 거냐고. 자, 아빠의 말은 절대적이잖아?"

우르의 목을 조르는 달칸의 얼굴에 여유와 확신이 차오른 순간.

"누가……."

"응?"

우르가 눈물이 맺힌 눈으로 달칸을 매섭게 노려보았다.

"누가 너 따위랑 같이 살 줄 알아?!"

"뭐라고?!"

"난…… 엄마가 좋아! 너 같은 쓰레기는 싫어! 싫어! 싫어! 싫다구! 그러니 선생님……! 제발 절 구해주세요!"

"이, 이 자식이……?! 부모한테 어디서 감히……!"

그 순간, 분노로 이성을 잃은 달칸이 주먹을 휘둘렀다.

"좋아. 언질은 잡았군."

퍼억!

우르가 몸을 움츠린 순간, 바람처럼 거리를 좁힌 글렌의 주먹이 달칸의 얼굴을 성대하게 두들겼다.

"아아아아아아아아악?!"

뒤로 날아가 버린 달칸을 본 그의 부하들 어안이 벙벙한 표정이었다.

"훗…… 하면 잘하잖냐, 우르. 뒷일은 나한테 맡겨둬."

글렌은 눈만 깜빡이는 우르를 지키듯 앞으로 나섰다.

"이, 이 자식……! 감히 나한테 이런 짓을 하고 무사할 수 있을 것 같아?!"

달칸은 새빨개진 얼굴로 일어나 명령했다.

"해치워! 저 자식을 죽여버려! 우리 가렌 가문의 힘을 똑똑히 보여주는 거다!"

동시에 부하들이 글렌에게 손을 내밀고 어설트 스펠을 영창하기 시작했다.

달칸 본인도 주문을 영창했다.

하지만…….

"거 안타깝게 됐네요~. 본점에서는 마술 사용이 금지되어 있습죠!"

"커헉?!"

"어, 어째서…… 아악!"

어째선지 주문이 발동하지 않았고 부하들은 글렌의 체술 앞에서 차례차례 쓰러졌다.

그런 그의 손에는 한 장의 아르카나가 들려 있었다.

"히, 히익?!"

글렌은 부하를 눈 깜짝할 사이에 잃고 완전히 겁에 질려버린 달칸의 멱살을 붙잡고 사납게 노려보았다.

"야, 이건 증거로 내가 가져가마."

그리고 달칸에게서 위조문서를 빼앗아 들이밀었다.

"일단 말해두지만, 공문서위조는 중대한 범죄야. 게다가……."

주머니에서 마정석도 꺼내 보여주었다.

"원격 녹음 마술로 조금 전까지 댁과 우르가 나눈 대화도 기록해뒀어. 이 둘을 더해서 관련 부서에 제출하면 댁의 사회적 지위는 단숨에 무너지겠지. 이해했어?"

"마, 맙소사! 자, 잠깐 기다려봐! 제발……!"

"그게 싫으면 우르와 유미스 씨한테서 손을 떼. 두 번 다시 그 낯짝 들이밀지 말고, 꺼져!"

글렌이 강하게 밀쳐버리자 달칸과 그의 부하들은 찍소리도 못 한 채 황급히 달아났다.

"칫, 쓰레기가."

그리고 그 광경을 어처구니가 없는 눈으로 지켜보았다.

"서, 선생님……."

그런 글렌의 등을 넋을 잃고 바라보던 우르의 어깨를 갑자기 누군가가 두드렸다.

"잘했어. 우르."

뒤를 돌아보니 안도의 한숨을 내쉬는 시스티나와 루미아와 리엘이 시야에 들어왔다.

"우, 우르……."

그리고 입가를 가린 채 눈물을 흘리며 떨고 있는 어머니의 모습도 보였다.

"선배들…… 어, 엄마……."

그러자 우르는 유미스의 품에 안기더니 평소에는 새침하기만 했던 얼굴을 엉망으로 일그러트리며 울음을 터트렸다.

"어, 엄마아! 으아아아아아아아아아아아아아아아앙!"

그제야 열세 살 소녀다운 반응을 보이는 딸을 살며시 감싸 안은 유미스는 부드럽게 그녀의 머리를 쓰다듬어 주었다.

그 광경을 본 글렌 일행은 따스한 미소를 지은 채 서로의 얼굴을 마주 보았다.

―――――.

그리고 오늘도 로람 마도구점에서는 왁자지껄한 공부 모임이 개최되었다.

“여러분, 잠깐 쉬면서 하세요. 오늘은 초코케이크랍니다~.”

“앗, 감사합니다. 유미스 씨!”

“딸기 타르트는?”

“후훗, 물론 딸기 타르트도 있답니다. 리엘 양.”

유미스가 가져온 디저트에 소녀들이 환호했다.

“참 나, 너희는 디저트 먹으러 여기 온 거냐……?”

글렌은 그 광경을 어이없는 눈으로 쳐다보며 교과서를 덮었다.

“선생님이 할 말이에요? 엄마가 만든 디저트를 대가로 가정교사 일을 받아들였으면서.”

“윽…… 시끄. 그건 좀 잊으라고.”

오늘도 게슴츠레한 눈으로 빈정거리는 우르에게 글렌이 투덜거렸다.

“그건 그렇고 뭐…… 공부는 순조롭구만. 실기 쪽도 예상대로 우수하고…… 이대로면 진짜 장학생이 되는 것도 꿈은 아니겠어."

"당연하죠. 전 반드시 그 학교에 들어갈 거니까요."

우르는 새침한 얼굴로 말했다.

"그래. 너희 어머니를 위해서니까 말이지. 효녀라…… 참 눈물 나는 이야기구만."

글렌이 웃으면서 대답한 순간.

"그것도 있지만, 지금은 그게…… 이유가 하나 더 생겼거든요."

우르가 어째선지 글렌의 얼굴을 올려다보며 말을 웅얼거렸다. 기분 탓인지 왠지 뺨도 붉게 달아오른 것처럼 보였다.

"뭐? 이유가 하나 더? 그게 뭔데?"

글렌은 고개를 갸웃거리며 물어볼 수밖에 없었다.

"후우~."

그러자 우르가 성대한 한숨을 내쉬었다.

"이건 선배들이 고전할 만하네요."

"야, 우르…… 너 아까부터 대체 무슨 소릴 하는 거야?"

"아무것도 아니에요……."

우르는 심통이 난 듯 시선을 피해버렸다.

"뭐, 지금은 어려서 부족한 점투성이지만 조만간 선생님을 깜짝 놀라게 해드릴 테니 두고 보시라구요."

"오, 어디 한번 해봐라. 기대하고 있을게."

"진~짜 둔탱이……."

"……?"

또 고개를 갸웃거리는 글렌을 무시한 우르는 초코케이크를 한 입 먹었다.

오늘 어머니의 맛은 무척이나 달콤쌉싸름하게 느껴졌다.

훗날.

알자노 제국 마술학원에 어느 건방진 후배가 장학생으로 입학하게 되지만, 그건 또 별개의 이야기이리라.

미아가 된 전차

The Tank was a Lost Child

Memory records of bastard
magic instructor

"이이이이이이이이이이야아아아아아아아아아아아압!"

그것은 전장을 질주하는 한 줄기 푸른 섬광이었다.

밀려오는 망자의 물결을 두 쪽으로 가르며 밀어붙이는 희망의 바람이었다.

언뜻 보기에 그녀는 작고 화사한, 나이 어린 소녀였다.

하지만 한 자루 대검을 들고 최전선에 선 그 모습은 그야말로 무쌍의 전사.

휘두른 대검이 겹겹이 밀려오는 망자 무리를 정면에서 쓸어버리고, 밀어붙이고, 베어 넘기고, 날려버렸다.

하늘의 지혜 연구회의 최종 계획『최후의 열쇠(라스트 오더)』작전.

알자노 제국 전토가 혼란에 휩싸인 가운데 별안간 편지 한 장만 남기고 모습을 감춘 알자노 제국 마술학원 교수이자 셉텐데 마술사인 세리카 아르포네아.

글렌과 시스티나와 루미아가 그런 그녀의 뒤를 쫓아 여행을 떠난 지 벌써 사흘이란 시간이 흘렀다.

르바포스 성력 1853년 그람의 달 28일.

마침내 제도에서 침공해온《최후의 열쇠병단(울티무스 클라비스)》, 그 끔찍한 망자의 대군이 학원도시 페지테에 도달했다.
지평선 끝까지 뒤덮은 듯한 그 망자 무리에 맞서는 페지테 방어군은 머릿수부터 압도적으로 열세였다.
심지어 척후의 보고에 따르면 지금 쳐들어온 《울티무스 클라비스》는 본대가 아닌 첨병에 불과하다고 한다.
페지테의 누구나가 이대로 망자의 무리에 짓밟히며 유린당하는 광경을 떠올리며 절망한 순간.
한 소녀가 그런 《울티무스 클라비스》의 앞을 막아섰다.

"하아아아아아아아아아아아아아아아아아압!"
강렬한 기합성과 동시에 소녀의 대검이 번뜩이고 망자의 군세 일부가 날아갔다.
평범한 검격으로 단숨에 수백을 넘는 망자를 베어버린 그 기술은 이미 인간의 영역이 아니었다. 검의 간격도, 위력의 한계도 전부 상상을 초월했다.
「휘두른 검 끝에 황금색 빛이 보였다」라는 것이 소녀의 설명이었지만, 그 황금색 빛을 본 자는 아무도 없었다.
하지만 소녀는 실제로 그 터무니없는 검술을 완성해냈고, 그 터무니없는 검술로 망자의 군세를 밀어냈다.
그리고 그런 소녀의 분투에 위축되어 있던 제국군의 마음에도 불이 들어왔다.
―그녀를 따르라.

대체 누가 처음으로 한 말이었을까.

하지만 이제 그 말은 절망적인 상황에서 제도를 수호하는 제국군 병사들의 구호가 되었다.

항상 가장 괴로운 전선에 서서 가장 마지막까지 싸우는 그녀의 모습에 누구나가 용기를 얻었기 때문이다.

제국군은 그 소녀를 기수로 삼아 결사의 싸움을 전개했고, 압도적인 전력 차가 존재하는 《울티무스 클라비스》의 침공을 완전히 막아낼 수 있었다.

그렇게 이제는 페지테의, 제국 전체의 희망이 된 그 소녀의 이름은.

이 절망적인 상황을 지탱해온 영웅의 이름은.

제국 궁정 마도사단 특무분실 집행관 넘버 7 《전차》 리엘 레이포드였다.

"이야아아아아아아아아아아아아아아아아아아아압!"

오늘도 리엘은 전장에 나가 싸웠다.

파도처럼 밀려오는 망자의 군세 앞에서 단 한 걸음도 물러서지 않고 계속해서 대검을 휘둘렀다.

적을 단 한 마리도 통과시키지 않겠다는 기세로 밀어붙이고 쓰러트렸다.

제국군의 선두에 서서, 최전선에서 검을 휘두르는 리엘은 이런 생각을 하고 있었다.

'몸이 가벼워. 힘이 넘쳐.'

대검을 일자로 휘둘러 망자의 인파를 서너 겹쯤 날려버렸다.

앞을 슬쩍 쳐다보자 방금 그녀가 날려버린 망자들조차 집어삼킨 압도적인 병력이 끊임없이 밀려오고 있었다.

리엘은 남들보다 조금 둔감할 뿐, 결코 감정이 없는 인형이 아니었다.

눈앞에 닥친 위기나 죽음 앞에서는 당연히 공포를 느끼는 평범한 인간이었다.

실제로 전에 저티스와 대치했을 때는 온몸이 떨릴 정도의 공포를 느꼈다.

"……."

다시 한번 전방에서 밀려오는 적의 제2진을 흘겨보았다.

저게 대체 몇 명일까.

저런 대군과 최전선에서 대치하면 제아무리 그녀라도 공포를 느낄 수밖에 없었다. 두려움이 없을 리 없었다.

그런데도.

'나, 뭔가 이상해…….'

왠지 신기한 기분이었다.

두려울 텐데 두렵지 않았다.

오히려 적의 수가 늘면 늘수록 몸이 뜨거워졌다.

무슨 일이 있어도 자신이 지키는 이 뒤로는 지나갈 수 없다며 마음이, 영혼이 울부짖었다.

'대체 왜……?'

멍하니 그런 생각을 하며 호흡을 가다듬자, 바로 망자의 군세 제2진이 코앞까지 밀려들었다.

"흡……!"

리엘은 대검을 세워 들고 땅을 박차며 돌진을 개시했다.

"이이이이이야아아아아아아아아아아아아아아아아아아아아아아압!"

대검의 일격.

검 끝을 타고 뻗어나간 눈부신 황금색 검광.

그것이 이치와 차원을 뛰어넘어 망자의 대군을 두 쪽으로 갈라버렸다.

리엘은 그렇게 다시 대검을 휘두르며 이 가슴속에서 타오르는 뭔가의 정체를 찾으려 노력했다.

————.

———.

——.

《울티무스 클라비스》의 침공으로부터 약 2, 3년 전의 일이다.

글렌이 문득 고개를 들자, 투명한 용액이 가득한 유리 원통 속에 실오라기 하나 걸치지 않은 소녀가 시체처럼 잠들어 있었다.

그녀는 지금 대체 무슨 꿈을 꾸고 있을까.

글렌은 가슴에 구멍이 뚫린 듯한 공허함으로부터 도피하기 위해 그런 무의미한 상상을 되풀이했다.

이곳은 알자노 제국과 적대하는 마술 결사인 하늘의 지혜 연구회의 숨겨진 연구실의 심층부— 희대의 천재 연금술사 시온 레이포드의 연구실이었다.

알자노 제국 북방의 이테리아 지방, 1년 내내 눈으로 덮인 실바노스 산맥 사이의 분지에 펼쳐진 대규모 침엽수림 안에 숨겨진 그 연구소의 제압과 마술실험 데이터 및 샘플을 회수하는 것이 제국 궁정 마도사단 특무분실 집행관 넘버 0 《광대》 글렌 레이더스가 맡은 이번 임무였다.

하지만 이번 작전에서는 목표가 하나 더 존재했다.

그것은 바로 이 연구실에 소속된 하늘의 지혜 연구회의 구성원인 시온 레이포드, 일루시아 레이포드, 라이넬 레이어를 제국에 망명시키는 것이었다.

생명을 모독하는 본인의 연구를 후회하며, 자신이 아는 조직에 관한 모든 정보와 자신의 목숨을 대가로 여동생 일루시아와 절친 라이넬을 구해달라는 시온의 부탁을 받아들인 글렌은 가능한 한 그들에게 도움을 주기로 했다.

시온, 일루시아, 라이넬을 구하는 것과 그들이 망명한 후에 관한 치밀한 계획을 세워 이번 임무에 나섰다. 적어도 자기 손이 닿는 범위 안에 있는 사람들을 구하기 위해 만전의 태세를 갖춰서.

하지만 그 결과는…….

"미안, 시온. 정말 미안하다. 모든 게 한발 늦어버렸어……."

그곳에는 선한 인상의 붉은 머리 청년, 시온 레이포드가 벽에 등을 기댄 채 주저앉아 고개를 떨구고 있었다.

왼쪽 가슴에는 대량의 혈흔. 아마 누군가의 흉기에 찔린 것이리라. 바닥까지 퍼진 피 웅덩이를 볼 것도 없이 이미 숨이 끊어진 상태였다.

그뿐만이 아니다.

여기로 잠입하는 도중 글렌은 시온의 동생 일루시아의 마지막 순간도 지켜보았다.

눈이 쌓인 침엽수림의 설원에서 마주친 그녀는 조직의 추격자에 의해 전신에 큰 부상을 입었고, 특히 등에 입은 자상은 이미 손쓸 방법이 없는 치명상이었다.

그렇게 일루시아는 그가 지켜보는 가운데 유언을 남기고 숨을 거두었던 것이다.

그리고 라이넬은 행방을 알 수 없었다. 이 연구소에서 홀연히 사라졌다. 도주에 성공한 건지, 아니면 이미 어딘가에서 죽었는지도 알 수 없었다.

그가 도착하기 전에 대체 이곳에서 무슨 일이 있었는지는 짐작도 가지 않았다.

하지만 한 가지만은 확실했다. **글렌이 실패했다**는 것.

힘이 모자란 탓에 또 누군가의 생명이 자신의 손바닥 사이로 흘러내리고 만 것이다.

"망할……."

글렌은 무력한 자신에게 화가 났다. 최근에는 늘 이런 식이다.

이제 슬슬 괴롭고, 고통스럽고, 답답해서 견딜 수가 없었다.

아무리 손을 내밀어도 부족했고, 아무리 강해져도 모자랐다.

그런 그를 비웃듯 마술 세계는 여봐란 듯 자신이 품은 어둠을 차례차례 내보였다.

자신이 좋아했던, 동경했던 마술이야말로 이 세상의 질서를 파괴하는 만악의 근원이었다는 단순한 사실에 혐오감이 들었다.

그럼에도 글렌은 누군가를 구하기 위해 멈춰 서지 않았다. 멈춰 설 수 없었다.

왜냐하면 자신은 아직 『정의의 마법사』가 되는 것을 포기하지 않았기에.

"글렌, 그쪽은 어떻지?"

어느새 연구실 출입구로 한 남성이 들어왔다.
맹금류처럼 날카로운 두 눈이 인상적인 장발 장신의 청년이었다.
제국 궁정 마도사단 특무분실 집행관 넘버 17《별》알베르트 프레이저.
이번 외법 연구소 제압 임무에 글렌과 함께 배정된 멤버 중 하나였다.
"이쪽은 제국군의 돌입 부대와 연계해서 이미 모든 구역의 제압을 완료했다. 남은 건……."
알베르트는 망연자실한 얼굴로 서 있는 글렌의 옆으로 다가왔다.
그러자 그의 눈에도 이미 숨이 끊어진 시온의 모습이 들어왔다.
알베르트는 잠깐 사이를 둔 후 조용히 입을 열었다.
"그렇군……. 늦었던 건가."
그리고 묵념하며 십자가를 그었다.
"어쩔 수 없지. 넌 한정된 조건 속에서 최선을 다했다."
"……."
"철수하자. 서둘러. 나중에 술이라도 한잔하지."
무뚝뚝한 말투로 말한 알베르트는 실내의 연구 데이터를 회수하려고 하다 **그것**을 발견했다.
거대한 유리통 안에 잠든 소녀의 존재를.

알베르트는 글렌의 옆에 서서 그 통을 올려다보았다.

그리고 유리통 옆에 있는 모노리스형 마도 연산기를 빠르게 두드려서 소녀의 각종 데이터를 확인하기 시작했다.

"설마, 완성했던 건가? 『Project : Revive Life』를……."

이윽고 항상 얼음처럼 차가운 그의 표정이 사납게 일그러졌다.

그렇다. 시온의 연구 성과인 『Project : Revive Life』는 이 세상에 존재해서는 안 될 금기의 마술이었다. 인간을 마술로 재연성·재구축해서 부활시키겠다는, 인간이 손대선 안 될 영역에 발을 들여놓은 최악의 금주인 것이다.

어떤 인간이든 아무 때나 되살리는 것이 가능해진다면 사회의 질서가 근간부터 흔들리게 될 터.

하물며 그것이 만약 하늘의 지혜 연구회 같은 사악한 조직의 손에 들어가면 대체 어떤 일이 벌어질지는 상상조차 할 수 없었다.

"아슬아슬했군……."

알베르트는 코웃음을 치며 담담한 목소리로 말했다.

"이곳에 존재하는 연금술사 시온의 모든 연구 데이터는 우리가 『시온 라이브러리』로서 남김없이 회수해 군에서 엄중 관리할 거다. 그리고……."

알베르트는 감정이 느껴지지 않는 얼굴로 왼손을 유리통에 겨냥했다.

예창(스톡) 주문의 시간차(딜레이 부팅) 발동.

주문 영창 없이 발동한 흑마 【라이트닝 피어스】가 소녀의 몸을 노린 순간.

글렌이 그 왼손을 움켜잡았다.

"……."

"……."

둘은 잠시 말없이 서 있었다.

하지만 글렌이 계속 입을 열 기색이 없자, 알베르트가 먼저 한숨을 내쉬며 입을 열었다.

"**이건** 네 자기만족이 아닌 거냐……? 글렌."

"……."

"현실적으로 생각하면 차라리 구하지 않는 게 나을 때도 있어……. 틀림없이 이 소녀는 세계 최초의 『Project : Revive Life』 성공 사례. 하지만 오히려 그래서인지…… 내가 방금 대충 훑어본 데이터만 봐도 생명체로서 불완전한 점이 몇 개나 확인된 모양이더군. 시작품(프로토 타입)이라는 게 늘 그렇듯이."

"……."

"이 소녀에 관한 건 불확정 요소가 너무 많아. 육체에 치명적인 결함을 품고 있을 수 있고, 정신에 문제가 있을 수도 있고, 그리 오래 살지 못할 수도 있고, 장래에 일반적인 심령 수술로는 치료할 수 없는 영적 질환이 발병할 수도 있지. 그리고 어쩌면 이 소녀에게는 모종의 트랩이 설치되어 있을 가능성도 무시할 수 없어."

"……."

"그게 아니더라도…… 군 상층부에서 이 소녀가 『Project : Revive Life』의 성공 사례라는 것을 알게 된다면 당장 실험용 모르모트 취급을 받게 될 거다. 한없이 인간에 가깝지만, 본질적으로는 인간이 아닌 이 소녀에게 인간의 법과 윤리는 적용되지 않을 테니 분명 인간의 존엄성을 짓밟는 듯한 실험에 사용된 끝에 해부당해 표본이 되는 결말이 기다리고 있겠지. ……그런 꼴을 당하게 할 바에야 차라리 지금 안식을 주는 게 낫지 않겠나?"

"……."

글렌은 대답하지 않았다.

그저 묵묵히 유리 너머에서 잠든 소녀를 올려다볼 뿐이었다.

티 없는 도자기 같은 피부와 관리되지 않은 긴 파란 머리가 특징적인 작은 체구의 화사한 소녀다.

나이는 열서너 살 정도일까. 여성치고 기복이 적은 직선에 가까운 몸매가 미숙한 청초함의 증거처럼 느껴졌다.

아무것도 모른 채 잠든 그 얼굴도 마치 인형처럼 반듯했고 피부 역시 도자기처럼 하얗고 매끄럽다 보니 마치 정교한 비스크 돌을 연상케 했다.

아마 유전 정보 제공자는 일루시아였으리라. 소녀의 외모는 머리색이 붉은색이 아닌 파란색이라는 점을 제외하면 머리부터 발끝까지 그녀와 동일했기 때문이다.

"다시 한번 묻지. 글렌."

그런 글렌에게 알베르트가 담담한 목소리로 물었다.

"네 자기만족이 아닌 거냐? 이 소녀를 여기서 구하겠다는 건 다시 말해, 앞으로 이 소녀가 살면서 짊어지게 될 모든 짐을 너도 함께 지게 된다는 뜻이다. 네가 이 소녀의 **인생**을 책임져야 해. 그건 여태껏 네가 해왔던 『정의의 마술사』 놀이와는 전혀 달라. 그런데도 넌 진심으로 이 소녀를 구하겠다는 건가? ……대답해, 글렌 레이더스."

한없이 냉담한 목소리였지만, 그 나름대로 글렌을 걱정하고 있음을 알 수 있었다.

"……."

그래서 딱히 화가 나지는 않았다. 그저 묵묵히 냉혹한 현실을 받아들일 뿐.

글렌은 조금 전 설원에서 최후를 맞이한 일루시아의 유언을 떠올렸다.

—만약…… 당신이 이제부터 갈 곳에서, 나와 같은 모습을 한…… 파란 머리의 여자애를 발견한다면…… 그 아이에게 뭔가 의미가 있는 일을…… 행복하게 살 수 있는 길을…… 찾게 해줘…….

—내 목숨에 의미는 없었지만…… 오빠의 목숨에 의미는 없

었지만…… 그렇다면, 적어도…… 오빠가 해온 일의 증거……
내 육체와 기억을 이어받은…… 그 아이…… 그 아이만은…….
—부탁……할게…… 적어도…… 그 아이만은…… 행복하게
살 수 있는…… 길을……! 왜곡된 섭리로 태어난 아이지만……
그 아이 본인에게는…… 아무런 죄도…… 없으니까……!

그 유언을 가슴속에서 몇 번이고 곱씹은 후.

"약속, 해버렸거든……."

작은 목소리로 중얼거렸다.

그러자 그 한 마디만 들어도 무슨 일이 있었는지 짐작이 간다는 듯 알베르트가 깊이 한숨을 내쉬었다.

"바보 같은 녀석."

그리고 더는 아무 말도 하지 않고 연구실을 나갔다.

자신은 아무것도 못 봤으니 이 틈에 상황을 정리하라는 뜻이리라.

"고맙다, 알베르트……."

밖으로 나간 알베르트에게는 들릴 리 없는 작은 목소리로 고마움을 표한 글렌은 일단 주위를 둘러보았다.

다른 군 관계자가 올 때까지 약 30분, 아니. 알베르트가 어떻게든 시간을 벌어줄 테니 아직 한 시간쯤 여유가 있을 터.

그때까지 글렌은 유리통 안에 있는 소녀를 확보한 후, 그녀가 『Project : Revive Life』의 산물이라는 증거를 전부

인멸해야만 했다.

전투의 피로가 짙게 남은 지금 몸 상태로는 현기증이 날 정도로 난해한 작업이었지만, 그래도 하는 수밖에 없으리라.

"잠시만 기다려……. 너만이라도, 내가 구해줄 테니까……."

글렌은 음영이 짙게 내려앉았지만, 결의에 불타는 눈으로 소녀를 흘겨보며 작업을 개시했다.

————.

"흐응~? 그 외법 연구소에서 조직의 청소부(스위퍼)로 훈련과 조정을 받은 소녀, **리엘**을 보호했다라…… 보호란 말이지?"

알자노 제국 수도 오를란도에 있는 제국 궁정 마도사단의 총본부 《업마의 탑》.

그곳의 특무분실 사무실에서 책상에 턱을 괸 채 보고서를 읽은 집행관 넘버 1 《마술사》이자 특무분실 실장인 이브 이그나이트는 의미심장한 목소리로 중얼거렸다.

"그게 무슨 문제라도……?"

그러자 보고를 마친 글렌이 퉁명스럽게 대답했다.

"리엘은 분명 그 조직의 처형인— 스위퍼가 되기 위한 훈련과 조정을 받긴 했지만, 단지 그뿐이야. 그건 본인의 의사와는 관계없이 이루어진 일이었고, 아직 아무 죄도 짓지 않았어. 게다가 이유는 알 수 없지만, 나랑 마주쳤을 당시에는 이미 심신 상실 상태라 교전은커녕 이쪽에 대한 적의도 보이지 않아서 보호한 건데…… 뭐, 이 과정이 딱히 이상할 건 없잖아?"

"그래, 맞아. ……당신이 작성한 이 서류상으로는 말이지."

이브는 글렌이 쓴 보고서를 흘겨보며 말했다.

외법 연구소의 유리통 안에 자고 있던 소녀— 리엘을 보호해서 제도로 귀환한 글렌과 알베르트는 분주히 증거를 인멸하고 서류를 위조하면서 아직 체력과 몸 상태가 만전이 아닌 그녀를 제국군 법의원에 입원시켰다.

그리고 이제야 결국 직속상관인 이브에게 이번 임무의 전말을 보고한 것이다. 물론 리엘이 『Project : Revive Life』의 산물이라는 사실은 철저하게 숨기고.

'지금이야. ……지금 여기서 이브에게 이 보고서를 통과시킨다면, 리엘이 『Project : Revive Life』로 만들어진 마조인간이라는 사실을 영원히 어둠 속에 묻을 수 있어.'

글렌은 내심 전전긍긍하며 이브의 반응을 기다렸다.

"시온 레이포드의 일은 아쉽게 됐어……."

그러자 그녀는 감정의 거의 읽을 수 없는 목소리로 말했다.

"그를 생포했으면 앞으로의 싸움에 크게 유리하게 작용했을 텐데 말이지."

시온 구출 작전에 관한 건 이브도 알고 있었다.

사실 글렌이 외법 연구소 제압 작전에 차출됐을 때 억지로 그녀에게 허가를 받아낸 작전이었기 때문이다.

하지만 그쪽의 성공은 별로 기대하지 않았는지 이브의 반응은 건조했다.

"뭐, 평소처럼 누구 씨가 상황을 복잡하게 만들긴 했지만 원래 예정했던 목표는 달성했어. 그것도 기대 이상으로. 그러니 난 딱히 불만은 없지만."

이브는 눈살을 찌푸리며 보고서를 넘기다 한 대목에서 손을 멈추었다.

"이 부분만은 도무지 이해가 안 가. 리엘? 이 소녀가 정말로 제국의 스위퍼라는 거야?"

역시 감이 좋은 그녀는 리엘에 관해 날조된 사항을 지적했다.

"보고서대로라면 그녀의 몸은 도저히 전투를 견딜 수 있는 상태가 아니잖아. 아무리 훈련을 받는 중이었다지만, 이런 여자가 정말로 그 스위퍼일 리 있겠어?"

"나도 몰라. 적들의 사정을 내가 어떻게 알겠냐고."

글렌은 내심 전전긍긍하며 대답했다.

"아마 어떤 무모한 전투용 술식의 실험대라도 됐던 거 아냐? 너도 알잖아? 놈들이 강제로 익히게 하는 초고속 연금술…… 그, 이름이 뭐더라?"

"【히든 클로】?"

"아, 그거. 그런 정신 나간 술식을 익히게 할 정도니 심신에 무지막지하게 부담을 주는 또 다른 술식의 실험대가 됐어도 전혀 이상할 건 없잖아?"

구차한 해명이었지만, 일단 설득력이 없지는 않았다. 실제로 하늘의 지혜 연구회와 얽힌 사건에서는 비슷한 케이스의 희생자가 많기 때문이다.

"……."

그러자 이브는 약간 의심스러운 눈으로 글렌의 보고서를 샅샅이 살폈다.

'됐으니까 그냥 제발 좀 통과시켜! 사소한 건 신경 쓰지 말고……!'

글렌이 타들어 가는 긴장감 속에서 내심 그렇게 기도한 순간,

"뭐, 됐어……."

아무래도 기도가 통한 모양이었다.

"이건 내가 처리해서 위에 보고할게."

"……!"

"리엘은 당분간 우리 특무분실의 관리하에 보호할 거야. 나중에 그녀의 시민권과 호적 신청도 할 테니 성은 당신이 정해둬."

글렌은 속으로 기뻐하며 주먹을 불끈 쥐었다.

"이번 임무는 수고했어, 글렌. 뭐, 이러니저러니 해도 나도 상관으로서 흡족할 만한 큰 공적이었지. 부수적으로 이런저

런 성가신 문제를 끌고 오는 건 여전하지만…… 뭐, 앞으로도 내 출세를 위해 노예처럼 뼈 빠지게 일해주길 바랄게."

이브가 평소처럼 빈정댔지만, 날조된 보고서를 통과시켰다는 해방감 덕분인지 딱히 거슬리지는 않았다.

"그, 그래? 그럼 난 이만……."

그래서 대충 인사를 마치고 이브의 앞에서 허겁지겁 떠나갔다.

글렌이 특무분실 사무실에서 떠난 후.

"……."

이브는 다시 글렌이 제출한 보고서를 펼치고 내용을 빠르게 확인했다.

개인적으로 그녀는 딱히 눈에 거슬리는 비문도 없고 사리에 맞으면서도 요점만 간결하게 정리해 누구나 쉽게 이해할 수 있도록 보고서를 작성하는 그의 글재주를 높이 평가하고 있었다.

남들이 들으면 교사나 하지 뭐 하러 군에 입대했냐고 핀잔이나 들을 법한 능력이었지만, 오히려 이브에게는 꽤 고마운 능력이었다. 지리멸렬해서 이해하기도 버거운 버나드의 보고서나 곧잘 다른 길로 새서 요점을 파악하기 힘든 세라의 보고서와 달리 위에 보고하기가 굉장히 수월했기 때문이다.

중간 관리직인 그녀로서는 그런 글렌의 정보 전달 능력이 참으로 기꺼울 수밖에 없었다.

하지만 그런 이브이기에 오히려 눈치챌 수 있었다.

이 보고서에 숨겨진 위화감을.

"당신답지 않잖아……."

글렌의 보고서는 늘 사실을 짧고 간결하게 나열하는 스타일이지만, 이번에는 이상할 정도로 추측에 근거한 애매모호한 표현이 빈번히 사용되었다.

물론 그 과정이 실로 교묘해서 남들은 알아볼 수 없겠지만, 글렌을 잘 아는 이브는 아니었다.

그리고 보통 이럴 때는 이유가 명확한 법이다.

"글렌은 뭔가를 숨기고 있어."

이브의 입가가 냉혹하게 뒤틀렸다.

그녀는 확신했다. 글렌은 분명 리엘에 관한 중요한 정보를 숨기고 있다고.

아직은 그게 뭔지 알 수 없지만, 뭔가를 숨기고 있다는 것만은 확실했다.

"나중에 한 번 개인적으로 조사해 봐야겠네."

아무튼 글렌은 제법 유용하지만, 그만큼 다루기 어려운 패다.

때로는 명령 무시나 독단 행동도 불사하며 그녀의 예상과 의도를 크게 뛰어넘는 패. 그러니 중요한 순간에 틀어지지 않도록 단단히 고삐를 쥐어둘 필요가 있었다.

"자, 그럼 리엘……. 넌 과연 뭘 숨기고 있을까?"

사무실에 홀로 남은 이브는 턱을 괸 채 보고서를 넘기며 싸늘하게 웃었다.

———.

"후우~ 간신히 성공했구만."

이브를 상대하느라 진이 빠진 글렌은 《업마의 탑》을 뒤로 했다.

지금 그가 바쁘게 걸어가는 곳은 같은 부지 안에 있는 제국군 법의원이었다.

그곳에서 입원 치료 중인 리엘을 만나기 위해서다.

"그러고 보니…… 그때는 진짜 눈앞이 깜깜했었지."

『Project : Revive Life』로 연성된 반동인지 보호 당시의 리엘은 극도로 쇠약해진 상태였다.

제도에 도착하자마자 법의원에서 집중 치료를 받은 덕분에 간신히 목숨을 건지고 의식을 찾았을 정도다.

그 후에는 알베르트와 함께 서류 (날조) 업무로 눈코 뜰 새 없이 바빴던 탓에 리엘과 직접 만나는 것은 그때 이후로 처음이었다.

"그때는 알베르트랑 말다툼을 하는 모습을 보여 버렸는데…… 괜히 더 경계하지나 않았으면 좋으련만."

글렌은 혼잣말을 하며 법의원으로 발걸음을 옮겼다.

그렇게 잠시 부지 안을 걷고 있자니 곧 하얗고 커다란 건물— 제국군 법의원이 보이기 시작했다.

정문으로 들어가 접수처에서 방문 절차를 밟으려 한 순간.

“글렌 군!”

안쪽에서 한 소녀가 빠르게 달려왔다.

마치 눈처럼 새하얀 머리카락이 인상적인 그녀는 같은 특무분실의 정복을 입었지만, 맨살이 드러난 뺨이나 팔 등에 붉은 안료로 그린 문양이 신비한 분위기를 자아내는 자신보다 약간 연상의 소녀였다.

“뭐야? 하얀 개.”

“아~! 또 나한테 개라고 했어~?! 아, 지금은 그게 문제가 아니라!”

하얀 머리의 소녀— 제국 궁정 마도사단 특무분실 집행관 넘버 3《여제》세라 실바스는 한순간 뺨을 부풀렸지만, 곧 빠르게 표정을 굳혔다.

“무슨 일이라도 있었어……?”

늘 낙천적인 분위기의 세라가 보기 드문 반응을 보이자 글렌도 표정이 날카로워질 수밖에 없었다.

“글렌 군이 저번 임무에서 보호한 애가 있지? 리엘이라고.”

“아, 응……”

“그 리엘을 제국군 마도병단 제15중대장 록서스 백기장이

「지하」로 끌고 가버렸어!"

"뭐?!"

제국군 마도병단 제15중대장 록서스 인콥터스.

그는 지난 하늘의 지혜 연구회의 외법 연구소 제압 작전에 글렌, 알베르트와 함께 참전한 마도병단 중대의 대장이었다.

마도사로서의 실력은 확실하지만, 지휘관으로서의 자질은 없는 남자. 잦은 명령 위반과 좁은 시야 때문에 백기장까지 오른 명문가 출신임에도 고작 중대장밖에 되지 못한 인물이기도 했다.

실제로 저번 제압 작전에서도 제멋대로 현장을 휘둘러댄 탓에 같은 작전에 참가했던 각 부대의 지휘관이나 장교들이 그를 제어하느라 무척 고생했다는 이야기를 들었다.

"잠깐 기다려봐! 왜 그 얼간이가 리엘을 「지하」로 끌고 간 건데?! 대체 무슨 권한으로! 위에서 명령이라도 있었던 거야?!"

"자, 잘 모르겠어. 난 아무런 명령도 받지 못했는걸! 그래서 나도 막으려고 했는데……!"

세라는 괴로운 표정으로 고개를 떨구었다.

록서스의 계급은 백기장. 정기사인 그녀보다 위다.

그런 그가 강하게 명령하면 하급자인 세라는 따를 수밖에 없을 터.

"세라, 너……."

문득 어떤 사실을 눈치챈 글렌은 손을 내밀어 가볍게 그녀의 턱을 잡고 얼굴을 옆으로 젖혔다.

자세히 보니 뺨이 살짝 부어 있었다. 입가에도 미처 닦아내지 못한 피가 굳어 있었다.

아마 록서스에게 맞은 것이리라. 그의 만행을 저지하려 한 탓에.

쓰러질 때 머리를 부딪친 건지 뒷머리에도 약간 피가 묻어 있었다.

"미, 미안해. 글렌 군. 나 잠깐 정신을 잃어서…… 리엘이 끌려간 지 벌써 꽤 시간이……."

그럼에도 세라는 몸을 떨며 미안해했다.

"빨리 구하지 않으면 그 애가……"

"알았어, 세라! 내가 갈게! 넌 일단 이 상황을 이브에게 보고해!"

그 말을 끝으로 법의원 안쪽으로 달려간 글렌은 지하로 내려가는 계단에 몸을 던졌다.

――――.

제국군 법의원은 임무와 작전에서 부상을 입은 제국군 마도사들의 치료와 재활 운동을 목적으로 세워진 시설이지만, 군 시설이 으레 그렇듯 이곳에도 결코 외부에 밝힐 수 없는 종류의 비밀이 존재했다.

그것이 통칭「지하」. 법의원 지하에 있는 견고한 고문실이다.

왜 그런 무시무시한 장소가 하필 인명을 구하는 의료 시설인 법의원 지하에 있는 것일까.

이유는 이쪽이 **편리했기** 때문이다.

생포한 적의 포로를 심문해서 정보를 얻을 때는 보통 육체와 정신에 끔찍한 고통을 동반하는 고문을 행해서 죽지도 살지도 못하는 상태로 만드는 게 일반적이다.

즉, 죽기 직전까지 괴롭히거나 자아가 붕괴하기 직전까지 몰아넣어도 이곳에서라면 바로 위에서 제국의 세계 최첨단 의료기술로 치료하는 게 가능하기 때문이다.

세계 최고 수준을 자랑하는 제국의 의료 기술이 낳은 지옥.

그런 까닭에 군인들 사이에선 암암리에「지하」로 보내지느니 차라리 죽는 편이 낫다는 말까지 돌고 있을 정도였다.

그리고 지금 그런 지옥 한편에서는 평소와 다름없이 끔찍한 일이 자행되고 있었다.

————.

"이 악마의 자식! 자, 실토해! 당장 실토하지 못하겠나!"

어두운 감옥 안에 채찍이 살을 찢는 소리가 계속해서 울려 퍼졌다.

"악! 아윽! 컥……!"

그리고 그때마다 소녀의 고통스러운 신음이 흘러나왔다.

"제국과 여왕 폐하를 적대하는 네놈 같은 반역자가 이 몸에게 도움이 된다는 크나큰 영광을 누리게 해주지! 그러니 어서 아는 대로 전부 불어!"

군복을 입은, 언뜻 봐도 신경질적인 인상의 금발 남자가 사납게 채찍을 휘둘러대고 있었다.

이 남자가 바로 제국군 마도병단 제15중대장 록서스.

그리고 그의 앞에는 한 소녀가 있었다.

사슬이 달린 구속구를 찬 두 손목이 천장에 매달린 그녀의 정체는 다름 아닌 리엘이었다.

발이 바닥에 닿지 않아 온몸이 그대로 축 늘어져 있는 상태.

거의 알몸이나 다름없이 넝마만 걸친 그녀의 몸에는 보기에도 끔찍한 타박상과 열상이 즐비했다.

"네놈에게서 그 조직에 관한 핵심적인 정보를 얻을 수 있다면 우리는 이 지겨운 싸움에서 마침내 승기를 거머쥘 수 있단 말이다! 그러니 당장 불어어어어어어어!"

록서스는 관자놀이에 핏줄을 세워가며 쉴 새 없이 채찍을 휘둘렀다.

그때마다 뭔가가 터지는 소리와 함께 살이 찢어지고 피가 튀었다.

고문에는 대상을 죽이지 않는 기술이 필요하지만, 당연히 록서스에게 그런 기술이 있을 리 없었다.

"아…… 아……."

그 탓에 지금의 리엘은 설령 그런 정보가 있어도 말할 힘조차 없을 정도로 피폐해진 상태였다.

"로, 록서스 백기장님……."

"이, 이 이상은 대상이 사망할 가능성이……."

그러자 뒤에서 그런 상관의 폭거를 지켜보던 부하 둘이 조심스럽게 진언했다.

"뭐라고? 네놈들이 감히 이 위대한 인콥터스 가문 출신의 나에게 훈계하는 거냐?"

"아, 아닙니다. 그런 의도는……."

록서스가 노려보자 부하들은 움츠러들 수밖에 없었다.

"흥, 안심하도록. 이래 봬도 그 조직의 스위퍼였다지? 그렇다면 이 정도로 망가질 리 없지. ……혹시 망가진다 해도 「위」에서 치료하면 될 뿐이지 않나."

"그, 그건……."

부하들은 더 이상 입을 열지 못하고 시선을 내리깔았다.

그런 부하들을 경멸하듯 코웃음을 친 록서스는 다시 리엘에게 고문을 가하기 시작했다.

채찍이 몇 번이나 파공음을 터트렸다.

"이게! 이익! 이제 좀 실토하는 게 어떠냐! 너 같은 말단 조직원이라도 조금쯤은 쓸 만한 정보가 있을 터! 지금 불면 그게 내 출세를 위한 발판이 될 거다! 어때? 영광이지?"

"……."

결국 리엘에게서 반응이라 할 만한 것이 사라졌다.

그녀의 몸은 축 늘어진 채 좌우로 흔들리기만 할 뿐이었다.

"헉! 헉! ……칫! 나약하기 짝이 놈이군. 그럼 다시 정신이 바짝 들게 해주지!"

록서스는 휘두르다 지쳤는지 채찍을 집어 던졌다.

그리고 벽 옆에 있는 화로에 꽂힌 인두를 꺼내 들었다.

뜨겁게 달궈진 인두의 불길한 붉은빛이 어두운 감옥 안을 비추었다.

"크크, 아하하…… 이건 이 몸의 말을 무시한 네놈 책임이다! 그 몸에 평생 지울 수 없는 낙인을 새겨주지!"

록서스는 이제 완전히 인간이기를 포기한 악마 같은 얼굴을 음험한 미소로 뒤틀며 인두를 리엘에게 들이밀었다.

그리고 그 인두의 끔찍한 열기가 리엘의 살을 태우려는 그 순간.

터엉!

누군가가 문을 발로 강하게 차서 여는 소리가 들렸고, 록서스와 부하들은 일제히 그쪽으로 시선을 돌렸다.

"이 자식……! 이게 대체 무슨 짓이야!"

그곳에 있는 건 분노에 찬 글렌이었다.

대체 누군가 싶어 한순간 간담이 서늘했던 록서스는 상대가 그라는 사실을 확인하고 바로 여유를 되찾았다.

"흥, 누군가 했더니…… 삼류 마도사 글렌 레이더스 정기사가 아닌가. 지금 이 몸은 숭고하면서도 중대한 특수 임무를 수행 중이다. 그러니 방해하지 말고……."

록서스가 머리를 쓸어 올리며 오만하게 내뱉은 순간.

퍼억!

글렌이 온 힘을 다해 날린 주먹이 안면에 제대로 틀어박혔다.

"끄아악?!"

록서스는 코피와 비명을 흩뿌리며 벽에 충돌했다.

"커헉?! 이, 이이, 이 자식이?! 가, 감히 상관에게 손을 댔겠다?!"

부러진 코를 감싸고 눈물을 질질 짜며 히스테릭하게 고함을 질러댔다.

하지만 글렌은 분노로 어깨를 들썩이며 다가와 멱살을 틀어쥐었다.

"상관 취급을 받고 싶으면 상관답게 처신하라고 응? 적어도 이딴 헛짓거리는 하지 말고 최소한의 규칙은 지키면서 말이지."

"히익?! ……내, 내가 뭘 잘못했다는 거냐! 저 여자는 하늘의 지혜 연구회의 스위퍼! 난 그저 조국과 폐하를 위해 유익한 정보를 얻어내려고 한 것뿐인데……!"

"너, 바보냐? 말단인 이 녀석이 그런 정보를 가지고 있으면 군에서 여태 그 고생을 했겠냐고!"

"다, 닥쳐! 저번 제압 작전에서 이 여자를 잡은 건 내 공적이다! 내가 잡은 포로를 내 맘대로 하는 게 뭐가 나빠!"

"개소리하지 마! 네 부대의 역할은 후방 지원이었잖아! 그런데 뭘 네가 전부 공을 세운 것처럼 으스대는 건데! 뇌가 썩었어?!"

그러자 록서스가 글렌을 밀치고 일어났다.

"닥쳐! 닥쳐! 닥쳐어어어어어! 너, 네가 감히 누구한테 손을 댄 줄 알기나 해?! 나는 인콥터스가의 록서스라고! 하핫! 이제 군에 네 자리가 있을 줄 알아?! 네놈만큼은 우리 가문의 위신을 걸고 절대로 가만……."

글렌이 전력을 다해서 날린 라이트 스트레이트가 다시 록서스의 안면에 꽂혔다.

"아아악!"

"뭘 하든 군에서 쫓겨날 거면 널 죽기 전까지 두들겨 패버려도 상관없겠군."

빙글빙글 도는 록서스의 멱살을 잡아 세운 글렌은 차갑게

가라앉은 눈으로 노려보았다.

"멋대로 리엘을 고문한 데다 세라한테까지 손을 대? ……이 쓰레기가."

"이, 이이, 이 자식이이이이이이?! 커헉! 쿨럭! 뇌, 《뇌제의 섬창이여》어어어어어어어어어어!"

결국 록서스는 왼손으로 글렌을 겨누고 아군에게 사용이 금지된 어설트 스펠을 영창했다.

흑마 【라이트닝 피어스】.

아무런 마술 방어 능력도 갖추지 못한 일반인은 스치기만 해도 죽음에 이르는 살상 능력이 매우 높은 흉악한 군용 어설트 스펠.

"어……."

그러나 그 마술은 발동하지 않았다.

"미리 말해두지만…… 난 세라만큼 착해빠진 인간이 아니야."

어느새 글렌은 왼손의 두 손가락으로 『광대 아르카나』를 꺼내 들고 있었다.

그리고 록서스를 밀치더니 오른손으로 퍼커션식 리볼버를 꺼내 주저앉은 그의 이마에 총구를 들이댔다.

"네가 언제든 날 군에서 쫓아낼 수 있는 것처럼…… 나도 **마음만 먹으면** 언제든지 널 이 세상에서 지워버릴 수 있다는 걸 알아둬."

인간을 인간으로 보지 않는 듯한 냉혹한 눈빛이 록서스의 영혼을 파고들었다.

“히, 히이이이이이이이이익?!”

이제까지 늘 최전선에 서서 인지를 초월한 강력한 외도 마술사들을 사투 끝에 처형해온 진정한 「마술사 킬러」의 말에서 배어 나오는 위압감을, 이제까지 이런저런 핑계만 대며 최전선에서의 전투를 피해온 록서스가 견딜 수 있을 리 없었다. 그저 공포에 질려 떨기만 할 뿐.

“으…… 아, 아아…….”

“그, 글렌…… 정기사……님……?”

록서스의 부하들도 지금 이 순간만큼은 범상치 않은 박력을 내뿜으며 분노한 글렌 앞에서는 함부로 입을 열지 못했다.

록서스는 여기서 그에게 죽으리라. 부하들도, 당사자도 그렇게 확신한 순간.

“나 원 참, 어울리지도 않는 짓을 하게 만들기는…….”

글렌은 싱겁게 총구를 내리며 탄식했다.

그러자 극한까지 치솟았던 긴장감이 풀어지기 시작했다.

“이 정도 협박에 쫄 거면 그냥 처음부터 하지 말 것이지…….”

다리에 힘이 풀린 록서스를 내려다본 글렌은 어이가 없다는 듯 중얼거렸다.

록서스는 넋을 잃은 채 바닥만 쳐다봤고, 곧 고문실 밖이 소란스러워지기 시작했다.

아마 여기서 뭔가 문제가 생겼다는 것을 눈치채고 사람이 모인 것이리라.

"하, 이 상황을 어떻게 수습해야 되려나……."

글렌은 넋을 잃은 군인들을 내버려 두고 천장에 매달린 리엘을 돌아보았다.

"미안하다……. 설마 일이 이렇게 될 줄은……."

"……."

글렌이 사죄했지만, 리엘은 정신을 잃은 건지 미동조차 하지 않았다.

———.

"글렌……. 진짜 미쳤어?!"

이브가 책상을 쾅! 내리치며 화가 난 목소리로 소리쳤다.

이곳은 특무분실의 사무실.

글렌은 록서스의 저번 일로 군사 경찰의 사정 청취를 받은 후 호출을 받아서 온 상태였다.

"혹시 뭐, 상관인 나한테 피해를 주지 않으면 죽는 저주라도 걸린 거야? 응?"

"시끄럽네 진짜. 그래서 내 처분은 어떻게 됐지? 불명예 제대? 아니면 독방행인가?"

"아무렇지 않게 구는 게 더 열 받으니까 좀 닥쳐줄래?"
이브는 다시 쾅 하고 책상을 내리쳤다.
"정말이지…… 결론만 말하자면 위에서의 처벌은 없어."
"오~ 그건 의외인걸."
"원래 상관에게 손을 대는 건 군법 회의감이지만…… 이번 일은 누가 봐도 특무분실이 보호하는 관리 대상을 멋대로 끌고 가서 고문한 록서스의 과실이 더 커서야. 그리고 저번 연구소 제압 작전에서 가장 큰 공적을 세운 게 당신이라는 점. 제국법이 기본 인권을 보장하는 이상 포로를 고문하려면 몇 가지 법적 절차가 필요한데도 록서스가 그 절차를 완전히 무시한 점 등의 이런저런 이유가 있지만, 까놓고 말하면 제국 궁정 마도사단도 마도병단도 이번 사건을 크게 만들고 싶지 않기 때문이지."
"정치 놀음이구만."
글렌의 죄를 물으면 록서스가 이번에 저지른 죄도 백일하에 밝혀지게 될 테니 그냥 서로에게 불리한 일은 「없었던 일」로 묻어버리자는 뜻이었다.
"실제로 정치적인 합의였어."
이브는 새침하게 머리를 쓸어 올리며 퉁명스럽게 말했다.
"당신의 경솔한 행동 때문에 완전히 체면을 구긴 록서스의 인콥터스 본가는 아주 펄펄 뛰고 있어. 먼저 잘못을 저지른 건 저쪽이지만 귀족 사회란 게 원래 그런 법이거든. 이해했어?"
"성가시구만."
"그러니 형식적으로나마 뭔가 벌칙을 부과해야만 해. 당신은 앞으로 한 달간 근신 처분이야."
"……!"
뭐, 타당하다면 타당했다.
내심 그렇게 납득한 글렌이 입을 다물어버리자 이브가 계속해서 말했다.
"그리고 한 가지 더. 그 리엘이라는 소녀 말인데…… 난 이번 사건을 통해 다양한 파벌이 영역 싸움 중인 제국군 법의원은 현재 몹시 민감한 입장인 그녀의 보호 및 관리에 적합하지 않다고 판단했어. 따라서 글렌, 명령이야. 당분간 리엘의 보호 및 관리는 당신이 담당하도록 해."
"뭐……?"
이브의 제안을 들은 글렌은 눈을 휘둥그레 떴다.
"《업마의 탑》에 있는 당신 방이라면 동거인이 한 명쯤 늘어나도 그리 문제 될 건 없잖아? 당신이 리엘을 돌보는 사이에 나도 그녀를 어떻게 할지 생각해 볼게. 그러니 잘 부탁해."
"자, 자, 잠깐 기다려봐!"
글렌은 당황해서 책상 너머에 있는 이브에게 얼굴을 바짝 들이밀었다.
"하필 왜 나야?!"

"뭐야, 무책임하긴. 애초에 주워온 건 당신이잖아?"

"아니, 그런 뜻이 아니라! 그 녀석은 여자잖아! 남자인 나랑 같은 방에서 지내다가…… 그, 뭐냐. 무슨 문제라도 생기면 어쩌려고 그래!"

"지금 특무분실에서 한가한 건 근신 처분을 받은 당신밖에 없고, 애초에 뭐? 당신은 극도로 건강이 쇠약해진 심신상실 상태의 미성년자에게 욕망을 못 이기고 손을 대는 인간쓰레기였어?"

"그, 그럴 리 있겠냐!"

"그럼 문제없겠네."

이브는 이제 더 할 말 없다는 듯 고개를 돌렸다.

글렌은 그런 그녀의 옆얼굴을 물어뜯을 듯 노려볼 수밖에 없었다.

"너, 너…… 지금 이거 나한테 화풀이한 거지?"

"그것도 있는데."

"있는 거냐."

"일단은 합리적인 이유에서야. 인선에 관한 건 앞서 말했고, 저런 굶주린 늑대들의 영역 싸움이 한창인 법의원에 리엘 같은 극상의 고기를 그대로 방치해둘 수는 없잖아?"

"윽……."

확실히 요즘 제국군에서는 하늘의 지혜 연구회의 핵심 정보에 대한 가치가 급등한 상태였다. 그것을 먼저 확보한 자가 군에서 큰 발언권을 가지게 될 터.

그러니 이번 록서스처럼 개인적인 영달을 위해 리엘을 건드리는 자가 전혀 없을 거라는 보장은 어디에도 없었다. 오히려 다음부터는 멍청한 록서스와 달리 빈틈없는 법적 근거와 절차로 무장하고 덤벼들 가능성이 컸다.

"그리고 무엇보다 리엘은 전직 스위퍼…… 요컨대, 하늘의 지혜 연구회를 탈주한 인간이잖아?"

"……!"

"만에 하나라도 조직에서 처형인을 보내면 어쩔 건데? 그럼 리엘뿐만 아니라 법의원에 근무 중인 법의사나 입원 중인 부상병들도 위험해져."

이브의 말대로였다.

애당초 글렌의 은폐 공작 때문에 이브와 군 상층부는 알리 없지만, 리엘은 『Project : Revive Life』에서 탄생한 마조인간이다.

그 조직이 이대로 아무런 조치 없이 얌전히 있을 거라고 기대하는 건 너무나도 낙관적인 생각이었다. 누군가는 리엘을 지켜야만 했다.

"리엘의 치료에 관한 건 내가 손을 써둘게. 그러니 당신은 그녀의 보호 및 관리에만 전념해. ……알겠지?"

"그래, 그렇게 할게……."

결국 글렌은 수긍할 수밖에 없었다.

알베르트가 말한 대로였다.

리엘을 구하겠다고 결심한 이상, 그 책임은 글렌이 짊어져야 했다.

이걸 못 본 척하면 자신은 정말로 자기만족만을 위해 행동하는 위선자가 되어버리리라.

"그래……. 어디 한번 해보자고."

사무실을 나온 글렌은 복도를 걸으며 혼잣말을 했다.

새롭게 결심을 다지며 리엘과의 공동생활이 막을 올렸지만, 앞으로 상상을 초월하는 고난이 기다리고 있음을 이때의 글렌은 알 수 없었다.

―――――.

"여기가 오늘부터 네가 살 곳이야."

"……."

글렌은 리엘을 태운 휠체어를 밀며 병영에 있는 본인의 방으로 들어갔다.

정기사인 그에게 배당된 방은 제법 등급이 높은 편이다.

일반 병사가 공동생활을 하는 비좁기 그지없는 생활관과 달리 개인이 쓰기엔 적당히 넓고 욕실과 샤워기까지 구비되어 있었다.

아무래도 방 주인이 글렌이다 보니 침대 하나, 의자와 책상 한 세트, 소파 하나라는 최소한의 가구밖에 없는 살풍경한 모습이었지만, 확실히 리엘과 함께 지내기에는 충분한 공간이었다.

"고생했어……."

"……."

글렌은 대답이 없는 리엘을 내려다보았다.

아직 고문의 흔적이 남은 그 작고 가냘픈 몸에는 여기저기 붕대가 감겨 있었다.

기본 체력이 쇠약해진 탓에 아직 힐러 스펠의 효과가 잘 듣지 않는 모양이었다.

"저기…… 이젠 마음 놓아도 돼. 이제 널 괴롭힐 인간은 어디에도 없으니까. 그러니 안심해."

"……."

하지만 리엘은 계속 대답이 없었다.

어딘지 모르게 공허한 눈으로 허공만 바라볼 뿐이었다.

처음 눈을 떴을 때는 그나마 몇 마디라도 했었지만, 지금은 심한 고문을 받은 탓인지 완전히 마음을 닫아버린 것 같았다.

"이거 원, 앞날이 걱정되는구만. ……잠깐 실례할게."

미리 양해를 구한 글렌은 리엘을 옆으로 안아 들고 침대에 눕힌 뒤 이불을 덮어주었다.

"……."

하지만 리엘은 한 마디도 하지 않고 가만히 있었다.

"하긴 많은 일이 있었으니……."

글렌은 침대 옆에 있는 의자에 앉아 그런 그녀를 바라보았다.

리엘은 『Project : Revive Life』에 의해 탄생한 마조인간.

그리고 하늘의 지혜 연구회의 강력한 스위퍼였던 소녀 일루시아 레이포드의 『아스트랄 코드』— 일루시아가 사망하기 직전까지의 기억을 계승한 존재다.

그런데도 그녀가 왜 자신을 「일루시아」가 아닌 「리엘」이라고 부르는지는 아직 알 수 없었다.

'이제 이 녀석에게는 아무것도 없어. 정말 아무것도…….'

글렌은 공허한 눈으로 천장만 바라보는 리엘의 옆얼굴을 지켜보며 이를 악물었다.

조직의 스위퍼로서 정상적인 생활과 자유를 누리지 못하고 가혹한 환경에서 살아남아야 했던 「일루시아」에게는 오빠인 시온이 그야말로 세상의 전부였을 것이다.

시온을 위해 살고, 싸우고, 죽이는 것만이 「일루시아」의 존재 이유였을 터. 그 썩어빠진 조직조차 「일루시아」에게는 유일한 안식처였을 터.

하지만 시온은 죽었다. 조직에서는 해방되고 말았다.

그러니 「리엘」에게는 이제 마음을 기댈 곳이, 매달릴 곳이 어디에도 없었다.

—이건 네 자기만족이 아닌 거냐?
—차라리 구하지 않는 게 나을 때도 있어.

불현듯 알베르트가 했던 말이 떠올랐다.
그러자 이제 와서 뒤늦게 싸늘한 오한이 등골을 타고 올라왔다.
'내가 과연 진정한 의미로 이 녀석을 구해줄 수 있을까……?'
글렌은 다시 침대에 누운 리엘을 돌아보았다.
그야말로 살아있는 시체.
지금 그녀는 심장이 뛰고 폐가 호흡할 뿐인 살아있는 시체였다.
지금 이 순간에도 실이 끊어진 인형처럼 갑자기 숨이 멎어도 이상하지 않을 거라는 묘하게 현실적인 상상이 들 정도로.
"괘, 괜찮아!"
글렌은 자신의 두 뺨을 때리며 다시 기합을 넣었다.
"인내심 있게 돌봐주다 보면 분명 나아지겠지! 내가 이 녀석을 진정한 의미에서 구해내고 말겠어! 힘내자, 글렌!"
그리고 잠시나마 약한 생각이 든 자신을 질타하듯 각오를 새롭게 다졌다.

———————.

이렇게 해서 글렌의 간병인 생활이 시작되었다.

약속한 이상, 구해버린 이상 포기하는 선택지는 그에게 존재하지 않았다.

글렌은 심신 상실 상태라 혼자서는 아무것도 못 하는 리엘을 헌신적으로 돌봤다.

정기적으로 환자복을 벗기고 몸 전체를 깨끗하게 닦아준 후에 붕대를 갈고 다시 청결한 옷으로 갈아입혔다.

거기다 링거를 교체하거나 배설 행위까지 도와주었다.

처음에는 아무리 환자라지만 남자인 자신이 가족도 아닌 여자에게 이래도 되나 싶었지만, 인간이란 적응의 생물. 몇 번 반복하는 사이에 아무 생각도 들지 않게 됐다. 완전히 전문 간병인이 된 것 같은 기분이었다.

가끔 들르는 세라도 도와주는 사이에 이제는 간병도 완전히 능숙해졌다.

치료 약을 계속 투약한 덕분에 고문의 흔적도 완치된 상태였다.

그렇게 슬슬 약물 치료를 중단하고 다음 치료 단계로 넘어갈 생각을 했을 때.

글렌과 리엘을 기다리고 있었던 건 지금보다 더 큰 고난이었다.

———————.

"왜, 왜 그래! 리엘!"

글렌의 방에 식기가 깨지는 소리와 고함이 울려 퍼졌다.

"컥?! 콜록! 웁! 으……우웨에에에에에엑!"

침대 위에서는 리엘이 괴로운 얼굴로 입가를 가린 채 속을 게워 내고 있었다.

주위에는 그녀가 토한 보리죽과 떨어트린 식기가 애처롭게 흩어져 있었다.

그렇다. 사건은 리엘의 체력이 식사를 섭취할 수 있는 정도까지 회복했을 때 발생했다.

글렌은 당연히 리엘에게 식사를 먹이려 했다.

역시 인간이 살아가는 데 있어 기본이 되는 것은 식사이며, 근본적인 체력 회복을 위해선 음식을 섭취해야만 했다.

그래서 글렌은 소화가 잘되도록 세심한 주의를 기울여 끓인 보리죽과 닭 뼈 수프를 리엘에게 신중히 먹이려 했다.

하지만 리엘은 먹지 못했다.

눈앞에 차려줘도 마치 보이지 않는 것처럼 손을 대지 않았다.

그래서 조금 마음이 아프긴 했지만 억지로라도 먹이려고 입안에 밀어 넣었더니 제대로 삼키지 못하고 전부 토해버린 것이다.

"어째서?! 이젠 위가 음식물을 받아들일 수 있는 상태까지 회복됐을 텐데……!"

"글렌 군, 좀 진정해!"

평정심을 잃은 글렌을 마침 오늘 간병을 도와주러 온 세라가 뒤에서 두 팔을 붙들고 진정시켰다.

"그런 식으로 억지로 먹인다고 해결되진 않는다구!"

"나도 알아! 하지만 세라…… 이대로는 위험해. 이 이상 리엘이 식사를 거르게 할 수는 없어! 한시라도 빨리 뭐든 먹여야 한다고!"

글렌은 머리를 싸매고 신음했다.

단순한 이야기지만, 생물이 아무것도 먹지 않으면 굶어 죽는 것은 자명한 이치다.

링거로 영양을 신체에 직접 투입하는 방법도 있지만, 그건 단위 시간당 섭취할 수 있는 영양에 한계가 있다.

링거만으로는 인간이 생명 활동을 유지할 수 있는 소비 에너지양을 전부 충족시키지 못한다. 음식물의 경구 섭취는 선택이 아니라 생존을 위한 필수 조건이다.

그런데도…….

"리엘은 벌써 며칠을 굶었어! 원래 극도로 쇠약해진 몸이라…… 이대로는 못 버텨! 영양실조로 죽는다고!"

"그건 맞아. 무슨 좋은 방법이 없을까……?"

세라는 침통한 표정으로 침대 위에 축 늘어져 있는 리엘을 쳐다보았다.

"뭐랄까…… 왠지 음식을 음식으로 인식하지 못하는 것 같지 않아?"

"……!"

그 지적에 글렌도 퍼뜩 놀라며 리엘을 쳐다보았다.

"우린 리엘에게 제대로 된 음식을 먹이려고 하는 거지만…… 어쩌면 리엘은 이런 걸 먹는 게 처음이 아닐까? 그래서 목으로 넘어온 음식을 이물질로 인식하고 토해낸 걸지도……?"

"맙소사……."

만약 그 말이 사실이라면.

대체 리엘, 아니. 그녀의 원형이 된 「일루시아」는 대체 얼마나 가혹한 환경에 처해 있었다는 것일까.

글렌은 화가 나서 속이 뒤집힐 것만 같았다.

"문제는 그뿐만이 아니다……."

마침 그 순간, 방문이 열리며 이번에는 알베르트가 들어왔다.

"알베르트?! 너, 언제 돌아온 거야?!"

알베르트는 글렌의 질문에 대답하지 않고 침대 옆에 서서 공허한 눈으로 허공을 응시하는 리엘을 내려다보았다.

"이 소녀에게는 살려는 의지가 전혀 없는 거다. 음식물을 받아들이지 않는 것도 그런 정신적인 장벽이 원인일 터. 아무튼 몸에는 이제 아무런 문제가 없을 테니 말이지."

그는 손에 무슨 종이 같은 것을 들고 있었다.

"아마 이 소녀는 여기까지가 한계였던 걸 거다. 그저 우리가 억지로 목숨만 붙여놓은 상태일 뿐. 살려는 의지가 없는 자는 이 가혹한 세상에서 살아남을 수 없어. ……결국 죽을 수밖에. 그게 바로 자연의 섭리니까."

"그, 그럴 수가……. 아, 알베르트 군. 그렇게까지 말할 건 없잖아."

"아니, 이 녀석의 말이 옳아. ……그게 현실이지."

세라가 울 것 같은 눈으로 비난했지만, 글렌은 괴로운 표정으로 긍정했다.

"이대로는 안 돼. ……살 생각이 없는 인간을 살려둘 정도로 이 세상은 만만치 않아. 내가 아무리 지켜줘도…… 본인이 살 생각이 없다면…… 구해주는 건 불가능해."

"글렌 군……."

세라가 말을 잊지 못하자 알베르트가 입을 열었다.

"하지만 생명은 본능적으로 살기를 원하는 법이다."

"알베르트?"

"확실히 이 소녀는 생명체로서 삶에 대한 집착을 잃은 모양이지만…… 혹시 마음을 바꿀 계기 같은 것이 존재한다면 또 모르겠군."

"요컨대, 리엘의 생존 의지가 마음의 자물쇠 같은 걸로 잠겨 있다는 거야? 그걸 열 수만 있다면 이 녀석도 살 생각이

들 거라고……?”

“그래. 하지만 이 소녀의 마음을 열 그 열쇠가 무엇인지 알 수 없는 이상 손쓸 방법이 없어.”

알베르트는 그렇게 말한 후.

“그래서. 어쩔 거지? 글렌.”

담담한 목소리로 물었다.

“이대로면 이 소녀는 틀림없이 죽을 거다. 네 자기만족에서 비롯된 일이 이 소녀를 살리기는커녕 고통만 늘려주는 결과로 끝나고 말겠지. 그렇다면 차라리 지금 이 자리에서…….”

알베르트가 뭔가를 시험하듯 말하며 옆얼굴을 흘겨봤지만, 글렌은 위축되기는커녕 오히려 리엘을 똑바로 응시하고 있었다.

비장하지만, 아무것도 포기하지 않은 눈이었다.

잠시 그런 글렌을 쳐다본 알베르트는 나직한 목소리로 중얼거렸다.

“여기서 망설이면 한 대쯤 때려줄 생각이었지만, 아무래도 기우였던 모양이군.”

“바보야, 괜한 참견이거든……?”

글렌은 퉁명스럽게 대답했다.

“난 그 녀석과 약속했고, 그리고 나 자신도 이 녀석을 구하고 싶어졌어…….”

그리고 다시 리엘을 내려다보았다.

“너무 불쌍하잖아……. 확실히 이 세상에는 괴롭고 힘든 일도 많지만, 비슷할 정도로 즐거운 일도 많아. 그런데 아무것도 모른 채 혼자 세상에 절망해서 살아갈 기력을 잃고 죽겠다니…… 그런 건 너무 슬프다고!”

“그래, 넌 그거면 됐다……. 사물을 이성적으로만 판단하는 난 무리지만, 너라면 이 소녀를 구할 수 있을지도 모르지.”

뭔가 눈부신 것을 본 듯한 표정으로 그렇게 말한 알베르트는 무릎을 굽히고 손에 든 종이를 읽으며 침대 주위에 마력선으로 마술법진을 구축하기 시작했다.

“하지만 구하기도 전에 죽어버리면 소용없겠지.”

“아, 알베르트? 너, 이건 대체…….”

“백마의 【리바이버】다. 생명력 그 자체를 이 쇠약해진 몸에 보충하는 거지. 이 상황에선 단순한 연명 조치에 불과하겠지만…….”

“뭐? 【리바이버】? 아무리 네가 뛰어난 마술사라지만 그 주문은…… 잠깐, 설마?!”

글렌은 퍼뜩 놀랐다.

“너, 리엘을 위해 이걸 익혀온 거야?!”

그러자 알베르트는 자조하듯 말했다.

“결국 나도 너와 한배를 탄 셈이니 말이지. 최선을 다해볼 수밖에.”

“알베르트, 너……!”

"신경 쓸 것 없다. 그보다 세라. 이 의식 마술은 내 마력만으론 감당하지 못해. 그러니 네 마력을 쓰게 해다오. 원래는 여러 명의 마력이 필요하지만, 네 마력용량(캐퍼시티)이라면 혼자서도 충분할 거다."

"아, 응! 알았어! 약식 임시 서번트 계약으로 패스를 연결하면 될까?"

"그래, 부탁하마."

이렇게 글렌은 알베르트와 세라가 재빠르게 리엘의 연명 조치를 하는 모습을 보며 생각했다.

'야, 리엘……. 확실히 지금의 아무것도 없는 네가 이 세상을 등지고 싶어 하는 건 이해해. 살 기력이 생기지 않는 것도 이해해. 하지만…… 이렇게 네 미래의 가능성을 위해 힘을 빌려주려는 녀석들도…… 손을 내밀어주는 사람들도 있어. 그러니 제발…… 그 손을 잡아줘! 지금은 절망밖에 느껴지지 않아도 반드시 후회하지 않게 해줄 테니까! 그러니…….'

그 기도가 과연 자신의 상황을 마치 남의 일처럼 공허한 눈으로 쳐다보는 지금의 리엘에게 닿았을지는 글렌도 알 수 없었다.

————.

제도 오를란도에서 멀리 떨어진 북녘.

"……."

1년 내내 눈으로 덮인 대형 침엽수림 안에 숨겨진 시온의 연구실이었던 장소에 한 소녀가 서 있었다.

병적일 정도로 하얀 피부. 흑단 같은 머리칼. 나락처럼 어두운 눈. 검은 구속복과 몸을 가리는 후드가 달린 외투를 입은— 하늘의 지혜 연구회의 스위퍼 전용 장비를 갖춰 입은 소녀였다.

소녀는 내용물이 사라진 유리통 앞에 서 있었다.

그리고 손에 든 수정 구슬에서는 한 여성의 얼굴이 비치고 있었다.

마치 메이드 같은 옷을 입은 흑발 흑안의 20대 여성이다.

하지만 깊은 어둠이 느껴지는 용모의 이 여성이 평범한 메이드일 리는 없으리라.

『다시 말해, 그 실험 샘플…… 「Re=L」을 당신 손으로 처리해주셨으면 합니다. 《무음의 사냥꾼(사일런트 헌터)》.』

"……."

《사일런트 헌터》라 불린 소녀는 말없이 수정 구슬 속의 여성을 쳐다보았다.

『그 「Re=L」은 우리 조직에 있어서도 세계 최초의 「Project : Revive Life」 성공 사례라는 것 이상의 특별한 존재라서요. 사실 우리 조직이 비밀리에 보존하고 있던 4백 년 전의 마도대전 시대에 활약했던 어느 영웅의 영혼이 「Re=L」의

「Project : Revive Life」를 구성하는 3요소 중 하나……
「얼터 에테르」의 일부에 실험적으로 도입되었기 때문입니다.』

"……."

『그 영웅은 《검의 공주》라고까지 불리던 인류사상 최강의 검사…… 아무리 일부라지만 그 영혼을 지닌 자가 제국에 보호를 받는 상황은…… 언젠가 대도사님의 위대한 계획에 방해가 될지도 모릅니다. ……한없이 제로에 수렴하는 확률이지만요.』

"……."

『부탁해요, 《사일런트 헌터》. 그리고 「Re=L」을…….』

그리고 다음 순간.

『……!』

어느새 정신을 차리고 보니 《사일런트 헌터》라 불린 소녀는 바닥에 수정 구슬을 둔 채 어디론가 사라져 있었다.

『후훗…… 과연 우리 조직 최강의 스위퍼로 이름 높은 《사일런트 헌터》. 소문 이상의 실력자군요.』

아무리 수정 구슬을 매개로 한 원격 통신이라고는 하지만, 여성의 시선은 단 한순간도 소녀에게서 떨어지지 않았었다. 모든 주의력을 소녀에게 집중하고 있었다.

그런데도 어느새 소녀의 모습은 여성의 시야에서 홀연히 사라져 있었다.

사라진 타이밍도 전혀 짚이는 데가 없었다.

『그녀에게 맡기면 걱정할 것 없겠죠. ……그렇게 세상은 아무 일도 없었던 것처럼 흘러갈 겁니다.』

여성은 만족스럽게 웃으며 통신을 끊었다.

그러자 수정 구슬에서 빛이 사라지더니 여성의 모습이 마치 신기루처럼 사라졌다.

――――――.

글렌은 필사적으로 리엘을 간병했다.

그렇게 시간은 흘러갔고…….

노력한 보람도 없이 리엘의 몸은 날이 갈수록 쇠약해져만 갔다.

――――――.

――――――.

――――――.

난(리엘) 꿈을 꾸고 있었다.

꿈속에서 난(일루시아) 커다란 검을 휘둘러 많은 사람을 죽이고 있었다.

꿈속의 난 언제나 새빨갛게 피에 젖어 있었다.

누군가의 명령으로 내일도 모레도 사람을 계속 죽였다. 그렇게 살인기술이 능숙해지자 더 많은 사람을 죽이기를 강요받았다.

그리고 사람 한 명을 죽일 때마다 내 마음속에서 무언가가 망가지고, 마모되었다.

괴로웠다. 힘들었다. 고통스러웠다.

누군가를 죽인다는 건 무척 슬픈 일이다.

누군가를 죽일 때마다 다른 누군가의 얼굴이 슬픔에 물들었고, 나는 또 그 누군가의 얼굴에도 검을 내리쳤다.

그래도 난 죽일 수밖에 없었다. 살인을 멈출 수는 없었다.

왜냐하면…….

『■■■■(일루시아).』

나에겐 오빠가 있었으니까. 시온 오빠가 있었으니까.

내가 죽이지 않으면 오빠를 지킬 수 없었다.

나에겐 오빠만이 유일한 마음의 안식처.

난 오빠의 검.

오빠는 내 전부. 난 오빠를 위해 살아가기로 결심했었다.

그런데…….

『미안. 그리고 잘 지내렴, ■■■■(일루시아)…….』

사라져간다.

지금 내 눈앞에 서서 따스하지만, 왠지 슬프게 웃고 있는 오빠가 새카만 어둠 속으로 사라져간다.

그래. 오빠는 이미 죽었다. 오빠는 이제 어디에도 없었다.

"기다려! 가지 마…… 사라지면 안 돼! 오빠!"

난 필사적으로 어둠 속에 서서히 녹아드는 시온 오빠에게 손을 내밀었다.

"날 두고 죽지 마! 오빠!"

하지만 아무리 손을 내밀어도. 아무리 다리를 움직여도.

그 손은 오빠에게 닿지 않았고. 오빠와 가까워질 수 없었다.

오빠라는 존재는 그렇게 무자비하고 무정하게 어둠 속으로 사라져갔다.

"기다려! 가지 마! 난 모르겠단 말이야!"

난 눈물을 뚝뚝 흘리면서도 오빠에게 손을 내밀었다.

"오빠가 없으면…… 난 어쩌면 좋아? 난 뭘 해야 돼? 전혀 모르겠다구……!"

오빠는 그런 내 질문에 대답하지 않고 말했다.

그것은 아마 나(리엘)를 만든 오빠(시온)와 내가(일루시아) 나(리엘)에게 건 「꿈」이었으리라.

하지만 나에게는 닿지 않았다. 들리지 않았다. 이해할 수 없었다.

왜냐하면 이 시점의 난(리엘) 아무것도 몰랐기에.

그저 내 영혼에만 새겨진 소망이었기에.

『■■(리엘)…… 부디, 우리 몫까지 ■■■■…….』

"오빠아아아아아아아아아아아아아아아아아아아아아아아아!"

────────.

"……!"

"야! 갑자기 왜 그래, 리엘!"

글렌은 침대 위에서 잠들었나 싶더니 갑자기 천장에 손을 내밀고 소리 없는 절규를 지르기 시작한 리엘의 몸을 흔들었다.

"정신 차려! 대체 무슨 일이야!"

얼굴을 가까이 대고 리엘의 표정을 살폈다.

"하아……! 하아……! 하아……! 아……?"

그러자 의식이 돌아왔는지 나락 밑바닥처럼 어두운 눈에 초점이 맺혔다. 바로 눈앞에 있는 글렌의 얼굴을 물끄러미 바라보았다.

'이 녀석을 이 방에 데려온 뒤로 처음으로 시선이 마주친 거 같네…….'

그런 생각을 한 순간, 갑자기 리엘이 입을 열었다.

"오……빠……?"

"……!"

글렌은 눈을 크게 떴다.

리엘이 입을 연 건 제도에 와서 처음으로 병실에서 만난 이후로 처음이었기 때문이다.

"아니, 미안하다……. 난 네 오빠가 아니야."

글렌은 기억을 되새겼다.

그러고 보니 그 설원에서 최후를 맞이한 일루시아도 자신을 한순간 시온으로 착각했었다.

그리고 리엘은 분명 그런 일루시아가 사망하기 직전까지의 기억을 물려받았을 터.

'남들이 보기엔 내가 그렇게 시온과 생김새나 분위기가 비슷한가?'

뭐, 이제 와서 고민해봤자 소용없었다.

그보다 지금은 해야 할 일이 있었다.

글렌은 마침 리엘이 정신을 차린 김에 작업을 개시했다.

옆에 있는 테이블에 자신이 아는 모든 음식을 차린 것이다.

"……?"

리엘은 그 모습을 관심 없는 눈으로 흘겨보았다.

"부탁이야, 리엘. 아무거나 좀 먹어봐."

글렌은 애원하듯 말했다.

"이제 넌 한계야. 【리바이버】의 효과도 곧 끊겨. ……그럼 그 반동이 단숨에 밀려오겠지. 네 수명은 길어야 2, 3일일 거야."

"……."

"이렇게 부탁할게, 리엘. 뭔가 좀 먹어봐. 이러다간 넌 진짜 죽어……."

거기까지 말한 글렌은 곧 이 행위에 의미가 없다는 사실을 깨달았다.

지금의 리엘은 삶에 대한 집착이 없어서 식사를 받아들이지 못하는 상태다.

설령 그녀가 자신의 부탁을 받아들여서 음식물을 위에 집어넣어도 분명 제대로 소화할 수도 없으리라.

'지금 리엘에게 필요한 건 좀 더 별개의…… 하지만 그게 뭐지? 모르겠어. 이 녀석의 마음을 열 수 있는 열쇠가 대체 뭐냐고!'

글렌이 그렇게 자책한 순간.

"왜……?"

지금까지 아무리 말을 걸어도 반응이 없던 리엘이 어째선지 지금 이 순간 처음으로 본인의 의사를 표현했다.

"왜 먹어야 돼?"

"왜라니…… 그야 살기 위해서지! 넌 지금 네가 어떤 상태인지……!"

"왜 살아야 돼?"

"……?!"

마치 어린애 같은 너무나도 투명하고 솔직한 질문에 글렌은 한순간 말문이 막히고 말았다.

그런 그 앞에서 리엘에 테이블 위에 있는 다양한 음식을 흘겨보고 살짝 손을 내밀었다.

다양한 병원식, 영양식, 약선 요리 중에 우연히 손이 닿은 것은 군용 야전 식량이었다.

여러 가지 곡물을 반복하고 구워서 만든 블록 형태의 음식으로, 더럽게 맛없지만 섭취 열량만큼은 어마어마한 물건이었다.

이런 건 먹어본 기억이 있는 건지, 아니면 변덕인지 모르겠지만 그 야전식량을 집어든 리엘은 무관심한 눈으로 말을 이었다.

"나한테는…… 이제 아무것도 없어. 오빠가 없는 이젠…… 내가 존재할 의미가 없어."

"……."

"그런데…… 왜 살아야 해?"

"야, 인마! 그건……!"

격노한 글렌이 거친 목소리로 뭔가를 전하려 한 바로 그 순간.

두근!

심장이 불온한 비명을 질렀다.

그것은 특무분실의 집행관으로서 지금까지 수많은 생사의 기로를 넘어오며 갈고 닦은, 죽음과의 거리를 민감하게 헤아리는 감각. 삶 그 자체를 움켜잡는 감각.

만약 이 감각이 없었으면 **글렌은 지금쯤 이 자리에 없었을 터**.

"……?!"

글렌이 반사적으로 몸을 옆으로 날린 것과, 목이 있던 공간을 소리 없는 참격이 스친 것은 거의 동시였다.

"누, 누구야! 넌!"

글렌은 바닥을 구르는 동시에 일어나 권총을 겨누었다.

어느 틈에. 정말로 어느 틈에 침대 옆에는 한 소녀가 서 있었다.

'아니, 진짜 어느 틈에 들어온 거지?! 기척이 전혀 없었는데!'

최고 수준의 전율과 함께 소름과 오한이 몸 전체를 휩쓸었다.

소녀가 그만큼 아무런 전조도 없이 나타났기 때문이다.

심지어 이렇게 눈앞에 대치하고 있는데도 조금만 긴장이 풀리면 모습을 놓칠 정도로 존재감이 투명하고 희박했다.

글렌이 지금까지 상대한 적들 중에서도 특히 이질적이면서도 기이한 적이었다.

"……."

소녀는 몸을 돌려 그를 쳐다보았다.

병적일 정도로 하얀 피부. 흑단 같은 머리칼. 나락 같은 눈. 검은 구속복을 입고 후드가 달린 외투로 몸을 가린 소녀였다.

저 장비는 분명.

'하늘의 지혜 연구회의 처형 부대…… 스위퍼?!'

그런 스위퍼의 손에는 그들의 특기인 초고속 무기 연성술 【히든 클로】로 만든 듯한 대형 낫이 들려 있었다.

'대형 낫이라고……?'

자유자재로 무기를 연성할 수 있는 스위퍼 중에서도 저런 무기를 주로 다루는 자는 극히 드물었다.

그리고 대형 낫을 주무기로 쓰는 스위퍼 중에서는 제국군 마도사라면 누구나 두려워하는 유명인이 존재했다.

눈앞에 대치하고 있어도 모습을 놓칠 정도로 초월적인 은형술과 죽는 그 순간조차 자각하지 못하는 무음 살인술을 구사하는 그자의 코드네임은…….

"설마…… 네가 그 《사일런트 헌터》?"

없었다.

이미 시야에 그 소녀, 《사일런트 헌터》의 모습은 존재하지 않았다.

어느새 소리도 없이 뒤에 나타난 그녀는 글렌의 머리를 노리며 낫을 휘두르고 있었다.

"우오오오오오오오오오오오오오오!"

글렌은 반사적으로 팔을 방패 삼아 목이 날아가는 것을 막았다.

뼈까지 닿은 대형 낫의 참격으로 피가 튀었다.

"이 자식……!"

글렌이 반대쪽 팔로 주먹을 휘두르려 한 순간.

퍽!

《사일런트 헌터》의 뒤돌려 차기가 배를 걷어찼고, 글렌의 몸이 벽과 충돌했다.

"커헉……?!"

한순간 의식이 날아갔다.

하지만 그런 좋은 기회가 생겼음에도 《사일런트 헌터》는 글렌을 노리지 않았다.

몸을 돌리고 대형 낫을 들어 침대 위에 있는 리엘을 겨누었다.

'이 녀석의 표적은…… 역시, 리엘이었나!'

글렌은 기합으로 고통을 가라앉히고 일어서려 했다.

한편, 리엘은 자신의 목숨을 노리는 《사일런트 헌터》를 관심 없는 눈으로 올려다볼 뿐이었다. 싸울 의지는커녕 도망칠 의지조차도 없었다.

물론 기계처럼 무자비한 《사일런트 헌터》는 그렇다고 봐줄 생각이 없는지 낫을 머리 위로 들어올렸다.

"날 무시하지 마!"

바로 그 순간, 글렌이 움직였다.

품속에서 꺼낸 섬광석을 바닥에 강하게 던지자, 강렬한 빛이 세상 전체를 새하얗게 물들였다.

"……!"

"우오오오오오오오오오오오오오오오오오오!"

《사일런트 헌터》가 멈춘 아주 짧은 틈을 노린 글렌은 침대 위의 리엘을 안아들은 후.

와장창!

창문을 발로 깨고 밖으로 몸을 날렸다.

이윽고 섬광석이 효력을 다해 빛이 잦아들자, 《사일런트 헌터》는 깨진 창문 쪽으로 다가가 리엘을 안고 도망치는 글렌의 모습을 확인했다.

밖은 이미 한밤중.

어둠의 장막이 깊게 내려앉고 제도가 완전히 잠에 빠진 조용한 시간대.

"……."

그런 밖의 상황을 잠시 살핀 《사일런트 헌터》는 다시 소리 없이 방 안에서 모습을 감추었다.

────────.

"하아……! 하아……! 헉……! 헉……! 그 망할 조직은 왜 또 저런 무식한 놈을 보내는 거야?! 빌어먹을……!"

글렌은 욕설을 내뱉으며 리엘을 안은 채 제도의 비좁은 뒷골목을 달렸다.

그런 글렌의 머릿속에 불현듯 떠오른 것은 《사일런트 헌터》에 관한 무시무시한 일화뿐이었다.

소문에 의하면 열 명의 뛰어난 호위가 24시간 철통방어를 하던 귀족이 어느새 살해당했다. 그 귀족이 살해당한 순간은 호위들 중 아무도 본 사람이 없었다고 한다.

소문에 의하면 백 명의 숙련된 마도사가 《사일런트 헌터》를 쫓았지만 어느새 한두 명씩 모습이 사라지더니 결국 전멸하고 말았다. 생존자가 없으니 당연히 그녀의 모습을 본 자는 아무도 없었다고 한다.

소문에 의하면 천 명이 넘는 일반인이 지켜보는 가운데 연설 중이던 정부의 요인이 살해당했다. 하지만 그 요인이 살해당하는 순간은 아무도 보지 못했다고 한다.

등등.

'과장된 소문도 있겠지만, 그건 그만큼 저 녀석의 은형 살인술이 차원이 다르다는 증거야!'

그리고 《사일런트 헌터》의 은형 살인술은 마술에 의한 것이 아니었다.

무기는 초고속 무기 연성술【히든 클로】로 만든 것이지만, 은형 살인술 자체는 극도로 연마한 체술의 일종이었다.

즉, 고유(오리지널) 마술【광대의 세계】덕분에 순수한 마술사를 상대로는 절대적인 우위를 자랑하는 글렌과는 상성이 최악인 상대라는 뜻이다.

'제길! 내 능력으로는 감당이 안 돼! 알베르트는? 세라는?'

동료들에게 도움을 요청할까 싶었지만, 마침 타이밍이 좋지 않았다.

현재 알베르트와 세라와 이브뿐만 아니라 버나드와 크리스토프와 저티스 등의 특무분실 주요 멤버들은 전원 임무를 위해 제도를 비운 상태다.

그러니 지금 리엘을 지킬 수 있는 건 글렌 혼자뿐이었다.

"빌어먹을! 왜 하필이면 이럴 때……!"

무심코 한탄한 순간, 깨달았다.

"아……."

어느새《사일런트 헌터》가 옆에서 나란히 제도의 뒷골목을 달리고 있었다.

하지만 들리는 발소리와 숨소리는 글렌의 것뿐.

그 코드네임대로《사일런트 헌터》는 소름끼칠 정도로 소리를 내지 않았다. 지금 이 순간까지 조금도 눈치채지 못했을 정도로.

다음 순간, 《사일런트 헌터》의 참격이 글렌. 더 정확히는 그의 품에 안긴 리엘을 노리고 날아들었다.

"우오오오오오오오오오?!"

반사적으로 리엘을 지키듯 몸을 비틀었다.

살을 베는 소리조차 없이 팔뚝이 깊이 베이고 피가 땅에 떨어지는 소리만이 밤의 정적에 조용히 메아리쳤다.

"치잇!"

글렌은 신체능력 강화 술식에 더 강하게 마력을 쏟아 붓고 도약했다.

근처 건물 벽을 연속 삼각 뛰기로 박차며 지붕 위로 오른 순간.

"아……."

이미 거기서 대기 중이던 《사일런트 헌터》가 낫을 휘둘렀다.

"아악!"

몸을 비틀어서 지붕 가장자리를 박차며 후방으로 도약.

하지만 품속의 리엘을 감싼 등에서 피가 안개처럼 튀자, 글렌의 몸은 중력을 따라 길 한복판으로 추락할 수밖에 없었다.

"커헉! 크윽?!"

리엘을 감싸듯 낙법을 취하며 지면과 충돌했다.

다행히 리엘은 무사했고 글렌도 치명상은 없었지만, 등을 강하게 부딪쳤는지 숨이 막혔다.

도주를 시작한 지 1분도 지나지 않았는데 이미 몸은 만신창이였다.

"제, 제길, 틀렸나. 도저히 뿌리칠 수 있는 상대가 아니야……!"

글렌은 고개를 들었다.

한밤중이라 인기척이 전혀 없는 한산한 길 너머에 《사일런트 헌터》가 서 있었다.

그녀는 글렌이 임무에 방해가 된다고 판단했는지 이번에는 그를 노리고 서서히 다가왔다.

'리엘을 구하려면…… 내가 쓰러트릴 수밖에 없어! 저 《사일런트 헌터》를……!'

하지만 과연 가능할까?

저 최강으로 유명한 스위퍼를?

정말 리엘을 끝까지 지켜낼 수 있을까?

—부탁……할게…… 적어도…… 그 아이만은…… 행복하게 살 수 있는…… 길을……!

하지만 그 순간 불현듯 일루시아의 유언이 떠올랐다.

"진짜 성가신 저주에 걸려버렸구만……!"

글렌은 소용없다는 걸 알면서도 《사일런트 헌터》에게 모든 신경을 집중했다.

절대로 놓치지 않겠다며, 저 움직임을 간파하고 말겠다며.

총구를 《사일런트 헌터》에게 조준했다.

하지만 그런 글렌의 결심을 비웃듯 《사일런트 헌터》의 모습은 다시 홀연히 사라져 있었다.

그리고 다음 순간, 바로 오른쪽에 나타나더니 소리 없이 낫을 휘둘렀다.

"……?!"

글렌은 반사적으로 팔과 총을 들어 급소를 막았다.

하지만 결국 완전히 흘려내지 못한 참격이 배를 갈랐다.

"우오오오오오오오오오오오!"

글렌은 고통을 무시하고 총구를 돌리며 격철을 고속 패닝했다.

타타타타탕!

하지만 이미 《사일런트 헌터》의 모습은 없었다.

총구에서 배출된 납탄들은 아무것도 없는 공간을 허무하게 스쳐 지나갔을 뿐.

정신을 차리고 보니 《사일런트 헌터》는 벌써 10미트라 떨어진 곳에 서 있었다. 사라진 순간, 이동한 순간조차 파악할 수 없었다.

"큭! 너, 넌 괴물이냐……!"

글렌은 그쪽을 돌아보며 악담을 퍼부었다.

"……."

하지만 《사일런트 헌터》는 대답하지 않고 방해꾼인 글렌을 배제하기 위해 담담히 두 번, 세 번, 네 번의 참격을 선사했다.

글렌은 분명 적이 정면에 있는데도 공격이 들어오는 방향을 전혀 파악할 수 없는 기묘한 감각과 위화감에 농락당하면서도 리엘을 지키기 위해 절망적인 싸움을 거듭했다.

"으윽?!"

그 싸움은 너무나도 일방적이었다.

《사일런트 헌터》는 소리 없는 은형 살인술을 자유자재로 구사하며 글렌에게 공세를 퍼부었다.

대형 낫을 날카롭게 휘두를 때마다 확실하게 글렌의 몸에 상흔을 남겼다.

물론 글렌도 반격을 시도했지만, 그럴 때마다 《사일런트 헌터》는 시야와 감각에서 사라져 있었다.

그리고 다음 순간에는 반대방향에서 공격이 날아들었다.

'제길! 이 녀석의 움직임은 진짜 뭐지?! 마치 실체가 없는 안개를 상대로 싸우는 것 같잖아!'

그런 글렌이 간신히 죽지 않고 서 있을 수 있는 것은 오로지 공격을 피하는 데만 중점을 둔 게 아니라 다소 피해를 입어도 급소를 막는 데 전념했기 때문이다.

나이 어린 소녀의 모습을 한 《사일런트 헌터》의 공격에는 성인남성을 일격에 죽일 수 있는 파워가 없었다.

즉, 급소만 막으면 즉사할 걱정은 없었다.

여기까지 와서 이기지는 못해도 지지는 않는 글렌의 지저분한 전투 스타일이 빛을 발한 것이다.

만약 글렌이 아닌 다른 사람이 싸웠다면, 혹은 《사일런트 헌터》가 조금 더 성장해서 성숙한 신체능력을 발휘했다면 이미 예전에 「처분」당했으리라.

'하지만…… 어차피 오래는 못 버텨!'

글렌은 온몸에서 대량의 피를 흘리며 신음을 흘렸다.

그렇다. 아무리 급소만 막아도 이대로면 출혈량 때문에라도 죽고 만다.

그리고 남아있는 시간은 그다지 많이 않았다.

'제길…… 어디지? 놈은 대체 어디에 있는 거야!'

글렌은 몇 미트라 앞에 《사일런트 헌터》가 있는데도. 자신을 향해 조각상처럼 대형 낫을 겨누고 있는데도.

그런 이상한 망설임을 품은 채 싸울 수밖에 없었다.

그리고 그런 위화감조차 없어지고 있는 이 상황이 무엇보다 두려웠다.

'하지만 물러설 수 없어! 여기서 물러나면 리엘이……!'

이 상황에서 전투를 포기하는 건 리엘을 죽게 내버려두는 것과 같은 의미다. 그렇게 되는 순간, 글렌은 원래 죽었어야 할 사람을 고작 자기만족 때문에 억지로 살린 위선자가 되고 만다.

그리고 리엘 본인은 현재 글렌의 발밑에 웅크린 채 멍한 표정을 짓고 있었다.

지금 눈앞에서 벌어지는 전투에는 전혀 관심이 없어 보였다.

'이 녀석은…… 내가 지킨다!'

기합만으로 멀어져가는 의식을 붙든 글렌은 《사일런트 헌터》와 다시 대치했다.

"……."

그러자 그 기백이 느껴졌는지, 아니면 그의 존재가 「버겁다」고 느꼈는지.

슥…….

시야에서 《사일런트 헌터》의 모습이 완전히 사라졌다.

완전한 무음이 세상을 지배했다.

지금까지와는 차원이 다른 완성도의 「은형술」이었다.

"윽……?! 이건……!"

이 현상의 정체를 글렌은 지금까지 쌓은 전투 경험으로 분석했다.

이것은 《사일런트 헌터》가 은형 살인술을 연마한 끝에 얻은 기적적인 경지.

아마 그녀는 인간이 느끼는 인식 바깥쪽에 숨은 것이리라.

예를 들면 4백 년 전의 마도대전에서 활약한 《검의 공주》 엘리에테 헤이븐의 검술처럼 가끔 마술이 아닌 「기술」을 연마한 끝에 마법의 영역에 도달한 자들이 있다는 소문을 들은 적이 있었다. 이 또한 그 영역에 도달한 기술일 터.

"괴물 자식……!"

욕설을 내뱉은 글렌은 무의미하다는 걸 알면서도 모든 신경을 집중해 주위를 살폈다.

아마 글렌의 끈질긴 생존력에 질린 《사일런트 헌터》는 그를 일격에 해치우기 위해 빈틈을 살피고 있는 것이리라.

지금까지도 제대로 대응하지 못했는데, 이번에 날아올 것은 지금까지 이상으로 날카로워진 살의의 일격일 터.

아마 수명이나 인간성 같은 돌이킬 수 없는 것을 대가로 지불하고 도달했을 다음 일격이야말로 《사일런트 헌터》의 진정한 필살기이리라.

'틀렸어……! 다음 일격은 절대로 못 피해!'

죽음의 기척이 맹렬한 기세로 다가왔다.

난 여기서 죽는다. 이미 그건 확신이었다.

하지만.

그럼에도.

글렌이 어떻게든 리엘을 구하려고, 리엘을 지키려고 머리를 굴려 이 상황을 타개할 방법을 모색한 순간.

"왜……?"

발밑에서 목소리가 들렸다.

리엘이었다.

바닥에 주저앉은 리엘이 공허한 눈으로 자신을 올려다보

며 의문을 표한 것이었다.

"왜…… 당신은 그렇게 싸울 수 있는 거야?"

"……."

"저 사람이 노리는 건…… 나야. 당신은 관계없어."

"……."

"날 두고…… 달아나면 돼. 그럼 당신은 살 수 있어."

"……."

"그런데…… 왜? 왜 날 지키는 거야?"

그런 리엘의 물음에 글렌은 지금까지 쌓이고 쌓인 감정을 폭발시키듯 외쳤다.

"시끄러워! 난, 네가 살기를 바란다고!"

~~~~.

그렇다. 나는 이 극한 상태에서 생각했다.

처음에는 『정의의 마법사』를 목표를 삼은 자로서의 의무감 때문일지도 몰랐다.

혹은 자신이 구하지 못했던 시온과 일루시아에 대한 죄책감과 속죄하는 의미였을지도 몰랐다.

하지만.

리엘을 보호하고 돌보던 어느 날.
~~~~

나는 휠체어에 탄 리엘과 병영 앞마당을 산책하고 있었다.

눈부신 햇살이 내리쬐는 정오의 그곳에 꽃이 흐드러지게 핀 아름다운 화단과, 이리저리 날아다니는 나비와, 반짝이는 저수지가 있었기 때문이다.

사실 뭐든 상관없었다.

리엘이 본인의 의지로 삶에 집착을 가질 계기를 찾을 수만 있다면.

아쉽게도 결국 아무런 성과도 없었지만, 그때까지 뭘 해도 반응이 없었던 리엘이 갑자기 정원 한복판에서 하늘을 향해 손을 내밀었다.

"리, 리엘……?"

"……."

이제 와서는 그 행동이 뭘 의미했는지 알 수 없었다.

오랜만에 바깥 공기와 햇볕을 쬔 탓에 눈이 부셔서 무의식적으로 나온 반사 행동일지도 몰랐다.

아무런 의미가 없었던 것일지도 몰랐다.

하지만.

그럼에도.

그 순간, 하늘을 향해 손을 뻗은 리엘의 그 모습이 내 영혼을 사로잡았다.

내 귀에는 그때 그녀가 마치 이렇게 말하는 것처럼 들렸다.

—구해줘.

—누가 날 좀 구해줘.

그 모습이 왠지 모르게 과거의 자신과 겹쳐보였던 것이다.

세리카가 오기 전. 어딘지 모를 좁고 어두운 방의 침대 위에 묶인 채 도움을 바라며 천장을 향해 하염없이 손을 내밀고 있던 당시의 내 모습과.

그때 내 손을 잡아준 것은 세리카였다.

세리카에게 구원받은 나는 그 후로 행복한 시간을 누릴 수 있게 되었다.

그토록 세상에 절망했던 내가 너무나도 간단히 구원받을 수 있었다.

그렇다면 리엘도 구원받지 못할 이유는 없었다.

이 세상에는 분명 괴롭고 힘든 일도 많지만, 그와 비슷할 정도로 행복하고 즐거운 일도 많았다.

그런데 그걸 전혀 모르고 죽어 사라지는 것은 내가 납득할 수 없었다.

그런 결말은 해도 너무하다.

그래서…….

~~~~.

"살아, 리에에에에에에에에에에엘!"

글렌이 그렇게 외친 순간.

"……!"

리엘이 눈이 살짝 뜨였다.

그리고 그것을 시작으로 글렌을 향해 「소리 없는 죽음」이 닥쳐왔다.

모습도 형태도 방향도 확인할 수 없는 압도적인 「죽음」만이 목숨을 수확하는 사신처럼 다가왔다.

거기에 글렌이 저항할 수단은 없었다.

죽음의 기척이 이토록 무시무시한 기세로 다가오는데도 그의 눈은 아직도 《사일런트 헌터》의 모습은커녕 그림자조차 보지 못했다.

다만, 다음 순간 자신은 죽게 되리라는 예지에 가까운 확신만이 머릿속에 떠올랐다.

'망할! 여기까지냐……! 역시 난 세리카 같은 『정의의 마법사』가 될 수 없다는 거야?!'

글렌이 이를 악물고 「죽음」을 받아들이려 한 순간.
~~~~

———.

“살아, 리에에에에에에에에에에엘!”

“아…….”

글렌의 그 외침이 리엘의 마음을 여는 **열쇠**가 되었다.

머릿속에서 기억이 되살아났다.

지난번 꿈의 내용이 선명하게 기억났다.

『■■(리엘)…… 부디, 우리 몫까지 ■■■■…….』

무슨 수를 써도 들리지 않았던, 인식할 수 없었던, 오빠가 남긴 말.

하지만 왠지 오빠를 떠올리게 하는 글렌이라는 사람의 외침이 그 공백을 채운 것이다.

그제야 마음속의 오빠가 한 말이 들리게 되었다.

『리엘…… 부디, 우리 몫까지 **살아주렴**…….』

“아…… 아, 아아, 아아아아아아아아아아아아아아아아!”

갑자기 리엘이 머리를 감싸 쥐고 절규했다.

그리고—.

———.

금속음. 아니면 충격음이라 해야 할까.

"어……?!"

"……?!"

이 순간의 경악은 2인분.

그 몫은 글렌과…… 《사일런트 헌터》의 것이었다.

지금까지 감정다운 감정을 드러내지 않았던 무색투명한 소녀가 처음으로 동요를 드러낸 것이다.

그 이유는 아래. 글렌의 아래쪽.

거의 엎드린 것이나 다름없는 자세의 《사일런트 헌터》가 밑에서 베어 올린 낫을, 다름 아닌 리엘의 대검이 위에서 찍어 눌렀기 때문이다.

"……!"

조금 전까지만 해도 존재하지 않았던 그 대검은 틀림없이 조직의 스위퍼가 사용하는 초고속 무기 연성술【히든 클로】로 만들어진 것이었다.

"리, 리엘?!"

글렌은 어느 틈에 발밑까지 다가온 《사일런트 헌터》의 존재보다 자신을 지킨 리엘의 움직임에 더 큰 경악과 충격을 받고 굳어버렸다.

"아……아아아아아아아아아아아아아아아아아악!"

하지만 리엘은 개의치 않고 그대로 《사일런트 헌터》를 힘으로 짓뭉개버리려 했다.

"……!"

이 자세가 불리하다고 느낀 《사일런트 헌터》는 두, 세 번 뒤로 도약해 거리를 벌리더니 글렌과 리엘의 눈앞에서 마치 허공에 녹아버린 것처럼 자취를 감추었다.

세상에서 그녀의 존재가 완전히 소실된 것이다.

"제기랄…… 또 그 치트 스킬이냐!"

글렌이 주위를 경계하듯 살핀 순간.

"윽?!"

그만 다리에 힘이 풀려 바닥에 무릎을 꿇고 말았다.

마침내 한계가 온 것이다.

아무리 급소를 피해 치명상은 벗어났다지만, 지금까지 흘린 피가 너무 많았다.

"제, 제길…… 하필 이럴 때 한계가……!"

약간 몽롱해진 의식 속에서 더는 싸울 수 없다고 판단을 내린 글렌은 옆에 있는 리엘에게 외쳤다.

"달아나! 리엘, 날 두고 가! 아니, 적이 노리는 건 어디까지나 리엘…… 제길! 어쩌면 좋지?!"

힘이 들어가지 않는 몸에 채찍질을 해가며 어떻게든 일어나려고 발버둥친 순간.

"응……. 괜찮아."

리엘이 태평한 목소리로 대답했다.

그녀는 도망치지도, 숨지도 않고 그저 대검을 늘어트린 무방비한 자세로 가만히 서 있었다.

"뭐, 뭐가 괜찮다는 거야! 넌 또 왜 멍하니 서 있는 건데!"

"……."

하지만 리엘은 대답하지 않고 가만히 그 자리에 서 있었다.

………….

밤의 정적이 지배하는 세상은 너무나도 고요했다.

완벽한 무음의 세계.

하지만 그 안에서 한 방울의 독극물 같은 살기가 서서히 퍼져나가는 것을 느낄 수 있었다.

'온다……!'

이윽고 그때가 오자, 생사의 경계를 통해 단련된 감각이 민감하게 눈치챘다.

무음의 은형술로 몸을 숨긴 《사일런트 헌터》가 필살의 의지로 공격해오는 순간이.

하지만 글렌이 알 수 있는 건 거기까지였다.

언제, 어디서, 어떤 수단으로 공격하는지는 전혀 파악할 수 없었다.

그저 막연한 죽음의 기척만이 농밀해지더니 모든 것을 휩쓸려는 파도처럼 밀려오고 있었다.

"리, 리에에에에에에에에에에에에에엘!"

글렌이 고함을 지른 순간.

서걱!

뼈를 끊고 살을 베는 소리가 들리고.
성대한 혈화가 피었다.
"어……?"
그리고 《사일런트 헌터》의 입에서 처음으로 경악성이 새어 나왔다.
그것은 그야말로 찰나의 공방전이었다.
소리도 없이 모습도 보이지 않고 공중에서 고속으로 낙하한 《사일런트 헌터》를 보지도 않고 아무렇게나 휘두른 리엘의 대검이 가차 없이 그녀를 베어버린 것이다.
그리고 리엘의 대검이 끝까지 휘둘러지자, 《사일런트 헌터》의 몸이 지면과 수평을 이루며 날아갔다.
그대로 건물 벽에 처박힌 그녀의 몸은 벽에 대량의 혈흔을 남기며 힘없이 바닥에 축 늘어지고 말았다.
즉사.
《사일런트 헌터》의 가슴에 새겨진 대각선의 상처와 대량의 출혈만 봐도 알 수 있듯 즉사였다.
그 최강으로 유명한 스위퍼의 최후로는 너무나도 허무한 광경이었다.

"……"

글렌은 한동안 그 죽음을 믿을 수 없다는 눈으로 멍하니 쳐다보았다.

"어떻게…… 안 거야?"

하지만 곧 겨우 쥐어짜 낸 목소리로 물었다.

"《사일런트 헌터》가 공격해오는 방향과 타이밍을…… 어떻게 안 거지?"

그러자 리엘은 글렌을 돌아보며 아무렇지 않게 대답했다.

"응……. 감."

"하. ……하하하…… 그게 뭐야."

글렌은 그저 웃음만 나왔다.

아무래도 자신이 그 유리통에서 구출한 소녀는 예상보다 훨씬 더 터무니없는 존재였던 모양이다.

리엘은 그렇게 멍하니 서 있는 글렌에게 다가와 얼굴을 물끄러미 올려다보았다.

"뭐, 뭔데?"

"역시…… 닮았어."

"닮아?"

"응. 시온…… 오빠랑…… 닮았어."

그리고 신중하게 단어를 고르듯 말했다.

"오빠가…… 나한테 살라고 했어."

"리엘……?"

"하지만…… 난 오빠를 위해 존재했는데, 오빠는 이제 없어. 그러니…… 글렌…… 당신을 위해서 살게."

"……?!"

"난…… 당신의 검. 당신은 내 전부. 난…… 당신을 위해 살기로…… 정했으니까."

그렇게 말하는 리엘은 글렌에게서 결코 시선을 떼려 하지 않았다.

"리엘……."

글렌도 리엘을 쳐다보았다.

조금 전까지만 해도 언제 죽어도 이상하지 않은 상태였는데 지금은 마치 다른 사람처럼 혈색이 좋아 보였다.

마조인간의 성질인지, 아니면 심경의 변화 때문인지 모르겠지만 그녀의 몸속 깊은 곳에서 새로운 생명력이 샘솟는 듯한 이미지가 느껴졌다.

'아아, 이제 이 녀석은 괜찮겠구나. 고비를 넘긴 거야.'

자연스럽게 그런 생각이 들 정도로.

'남은 문제가 한둘이 아니지만 말이지…….'

하지만 글렌은 깊은 한숨을 내쉴 수밖에 없었다.

이건 전혀 예상하지 못한 상황이었기 때문이다.

조금 전에 리엘은 이렇게 말했다.

자신을 위해 살겠다고.

'아마 이 녀석은, 나와 기억 속의 오빠를 겹쳐보고…… 기

억 속의 오빠에게 매달리듯 날 오빠를 대신할 의존 대상으로 선택한 것뿐이겠지.'

이래서는 일루시아가 조직에 있을 때와 다를 바가 없다.

리엘이 누군가가 시키는 대로 싸우고, 누군가가 시키는 대로 죽이는 자의식 없는 병사가 되는 건 시온도 일루시아도 바라지 않았을 터.

둘은 그저 리엘에게 희망만을 남긴 것이었다.

자기들 몫까지 리엘이 행복하게 살기를 바란 것뿐이었는데.

이래서는 그저 실이 끊어진 꼭두각시 인형의 실을 새로운 것으로 교체한 것뿐이 아닌가.

그런 뒤틀린 삶에는 아무런 구원도 없다. 아무도 구원받을 수 없다.

그래서 글렌은 이렇게 말할 수밖에 없었다.

"리엘 **레이포드**. 넌 이제부터 리엘 레이포드야."

"……?"

"그리고 난 글렌 **레이더스**. ……알겠어? 이건 중요한 거니까 기억해둬."

예상대로 전혀 이쪽의 의도를 이해하지 못한 리엘이 고개를 갸웃거리자, 글렌은 다시 입을 열었다.

"야, 리엘. 넌…… 날 위해 살겠다고 했지?"

"응."

"그건 아니야. 넌 그래서는 안 돼."

"안 돼? ……왜?"

리엘은 감정이 느껴지지 않는 표정으로 다시 고개를 갸웃거렸다. 역시 진심으로 이해하지 못한 모양이었다.

"그래선 네가 행복해질 수 없으니까."

"행복? 그런 게 필요해?"

"역시 이해하지 못하는 건가……."

글렌은 뭐라 형언할 수 없는 복잡한 기분으로 리엘을 끌어안을 수밖에 없었다.

"……?"

결국 리엘은 아무것도 이해하지 못한 채 그저 가만히 있었다.

'젠장. 뭐가 이렇게 어렵지?'

리엘을 구한 것에 책임을 지겠다고 각오한 글렌이었지만, 눈앞이 너무 깜깜하다 못해 현기증이 났다.

과연 앞으로 리엘이 진정으로 구원받는 순간이 오기는 할까?

'하지만 희망이 사라진 건 아니야…….'

오히려 희망이 이어졌다.

당장은 뒤틀린 의존증에 기대어 살 수밖에 없지만, 그래도 살아있다면 언젠가 기회는 오리라.

"리엘……. 지금은 모르겠어도 일단 기억해둬."

"……?"

"언젠가…… 너한테도 소중한 게 생길 거야. 그게 대체 어떤 걸지는 나도 모르겠지만…… 누가 시키는 게 아니라 너 스스로 지키고 싶은, 그런 소중한 게 분명 너한테도 생기겠지."

"필요 없어. 글렌이 있으면 돼."

"……! 그래, 지금은 그거면 됐어."

글렌은 복잡한 표정으로 이를 악물었다.

"하지만…… 만약 내가 지금 한 말을 이해할 수 있는 때가 온다면…… 그 감정을 소중히 해. 그리고 그 감정에 따라 네가 하고 싶은 대로 해. 그게 바로 자신을 위해 산다는 거니까. ……알겠지?"

"그게 글렌의 명령이라면……."

"그래……."

글렌은 감정을 읽을 수 없는 눈으로 가만히 자신을 올려다보는 리엘의 머리를 하염없이 계속 쓰다듬어주었다.

그리고 세월이 흘러.

————.

—2년 후.

"이이이이이이야아아아아아아아아아아아아아아압!"

리엘이 대검을 가로로 휘두르자 황금색 검광이 수평으로 퍼져나갔다.

그녀만이 볼 수 있는, 그녀만의 검광.

공간을 뛰어넘어 평원을 질주한 그것은 밀집 진형을 지은 채 다가오는 마지막 망자의 군세를 완전히 쓸어버렸다.

이어서 저 멀리서 충격음이 메아리쳤다.

이 일격으로 오늘의 침공은 끝났다.

페지테의 성벽을 등진 이 평원에 두 발로 선 망자는 더 이상 존재하지 않았다.

"이, 이겼어……."

"이겼구나…… 오늘도……."

제국군 병사들은 서서히 승리를 실감했고, 그것은 곧 군 전체로 전파되었다.

""""우오오오오오오오오오오오오오오오오오오오오오오오!""""

""""《**검의 공주**》 리엘, 만세에에에에에에에에에에에!""""

승리를 축하하는 환호성이 전장에 울려 퍼졌다.

"응……? 벌써 끝났어?"

이 승리의 공로자인 리엘은 후방에서 날뛰는 병사들을 돌아보며 멍한 표정을 지었다.

누구나가 양손을 쳐들고 리엘을 칭송했지만, 그녀는 딱히 관심이 없어 보였다.

그저 홀로 만족스럽게 하늘과 페지테의 성벽을 둘러보았다.

"다행이다. ……오늘도 지켰어."

그런 그녀의 머릿속에 떠오른 것은 글렌이 페지테를 떠나기 전에 남긴 말이었다.

—모두를, 학생들을 지켜줘.

하지만 그녀가 싸운 이유는 그뿐만이 아니었다.

"글렌이랑 시스티나랑 루미아가…… 돌아올 장소를 지켰어. 반 친구들을…… 지켰어."

그 사실이 그저 기쁘기만 했다.

————.

페지테로 개선한 리엘이 알자노 제국 마술학원에 돌아온 순간.

"리에에에에에에에에에에엘!"

"리엘! 아아, 다행이에요! 오늘도 무사했군요!"

카슈와 웬디와 기블과 테레사와 세실과 린과 로드와 카이를 비롯한 2반의 모두가 달려 나와서 맞이해주었다.

온몸이 너덜너덜한 데다 망자들의 썩은 피로 더러워진 리엘을 친구들은 울면서 끌어안고 그녀의 생존을 기뻐해주었다.

사실 그들도 마술학원의 긴급 특례 조항으로 최전선은 아니지만, 성벽의 방어 임무를 맡았다.

성벽에 달라붙는 망자들을 쉴 새 없이 마술로 요격하느라 지쳤을 터. 당장에라도 쉬고 싶을 터였다.

그런데도 그들은 이렇게 굳이 리엘이 돌아오는 걸 기다려 준 것이다.

"고마워! 오늘도 정말 고마워, 리엘!"

"저희도 힘낼게요. 마지막까지 함께……."

"옳소! 옳소! 선생님이랑 시스티나랑 루미아랑 아르포네아 교수님이 돌아올 때까지 다 같이 힘내보자!"

"그래. 우리 손으로 평화를 되찾고…… 또 언젠가 다 같이 선생님의 수업을 듣는 거야!"

친구들이 저마다 하는 말을 들은 리엘의 마음에 따스한 뭔가가 깃들었다.

요즘은 다 같이 이럴 때마다 꼭 이랬다.

하지만 결코 싫지는 않은, 오히려 마음이 편안해지는 열기였다.

이 따스한 열기가 있다면 분명 난…….

"아……."

그 순간 불현듯 깨달은 사실이 있었다.

'난…… 모두가…… 모두가 살고 있는 페지테가 좋은 거야.'

그것이 바로 이 가슴에 깃든 따스한 열기의 정체였다.

이 마음이 꺾일 것 같은 절망적인 상황 속에서도 이 작은 몸에 활력을 주고 계속 움직일 수 있게 해주는 힘.

그러니 난 싸울 수 있고, 지키고 싶었다.

이제 글렌의 명령과 부탁은 관계없었다.

난, 내 의지로 내 소중한 것들을 지키기 위해 싸울 거니까.

다른 그 누구도 아닌 나 자신을 위해서.

그래서 난 이토록, 이토록 괴롭고 힘든 상황인데도 행복했다.

내가 정말 좋아하는 사람들을 위해, 정말 좋아하는 사람들을 지키기 위해 싸운다는 건 무척이나 기쁘고, 자랑스럽고, 행복한 일이었던 것이다.

그리고 이것이 바로 「답」이었다.

예전에 글렌이 리엘에게 해주었던 말.

그때부터 줄곧 마음속 한편에 남아 있었던 의문.

리엘의 안에서 오랫동안 응어리졌던 의문이 마침내 풀린 것이다.

"이거였어……? 글렌."

눈을 가늘게 뜨고 고개를 든다.

그러자 하늘에 내가 좋아하는 사람들의 얼굴이 차례차례

떠올랐다.

글렌, 시스티나, 루미아, 세리카.

이브, 알베르트, 크리스토프, 버나드, 엘자.

반 친구들, 성 릴리와 크라이토스의 동료들.

지금은 각자의 사정 때문에 이 자리에 없는 사람도 많았다.

그래도 모두가 이 똑같은 하늘에 이어져 있는 것 같은 기분이 들었다.

"난 좋아하는 모두를 위해서라면…… 응. 계속 싸울 수 있어."

그런 따스한 감정을 품고 반 친구들이 만지는 대로 가만히 서 있는 리엘은 하염없이 하늘을 올려다보았다.

"내가…… 모두를 지킬게. 그러니 글렌…… 안심해."

과거에 길을 잃었던 전차는 이제 어디에도 없었다.

■작가 후기

안녕하세요, 히츠지 타로입니다.

이번에는 단편집『변변찮은 마술강사와 추상일지』9권이 발매되었습니다.

9권! 대망의 10권까지 앞으로 한 권만 더!

여기까지 올 수 있었던 것도 편집자님 및 출판 관계자 여러분. 그리고 독자 여러분 덕분! 정말 늘 감사합니다!

자, 그럼 이번에도 힘차게 작품 해설을 시작해보죠! 이번에는 페이지가 적으니까요!

○렌의 수난

여체화 글렌, 리턴즈! 본편 8권에서 등장한 여체화 글렌을 단발성 소재로 써먹었던 게 아쉬웠는데 다시 등장시킬 수 있어서 매우 만족했습니다.

전개상 본편에서 등장 기회가 적은 마리아를 출연시킬 수 있었던 것도 굿. 이렇게 주위 사람들을 휘둘러대는 장난스러운 아가씨는 글렌의 평소와는 다른 일면을 끌어내줄 수 있어서 좋아합니다.

○폭풍우 치는 밤의 악몽

이 시리즈다운 왁자지껄한 이야기. 사실 이 이야기는 제가 어렸을 때 트라우마가 된 디○니의 어떤 호러 애니메이션이 소재입니다.(웃음) 당시에 봤을 땐 진짜 무서웠다고요!

역시 캐릭터는 작가를 닮기 마련이랄까, 글렌 군도 목 없는 기사에게는 약했습니다.

하지만 어른이 된 지금은 이미 트라우마를 극복했습니다! 그래서 오랜만에 그 애니메이션을 다시 봤습니다만, 역시 무섭잖아! 이게 진짜 아동용 애니메이션이라고?!

○이름 없는 뷰티풀 데이

남루스가 주역인 단편입니다. 비밀스런 언동과 왠지 모를 딱딱한 분위기의 미스터리한 미소녀……가 그녀의 개성이었을 텐데, 대체 왜 이렇게 된 거지? 이 아이 왠지 등장할 때마다 그냥 웃긴 캐릭터가 되어가는 것 같네요.(웃음) 그래도 좋아해.

○너에게 가르쳐주고 싶은 것

뭐지? 난 연상을 휘어잡는 연하의 여자가 취향이었던 건가? 우르라고 하는 또 개성이 강한 소녀가 등장합니다. 꽤 마음에 든 캐릭터라 기회가 있으면 본편에서도 등장시키고 싶네요.

○미아가 된 전차

이번 특별 단편. 리엘의 과거 이야기. 주제가 리엘이라 좀 경쾌한 이야기가 되겠구나 싶었는데, 지금까지 쓴 단편 중에서도 톱클래스로 어두운 이야기가!(웃음)

하지만 리엘…… 많이 변했네요. 처음 등장했을 때부터 기본적인 성격이나 특징은 바뀌지 않았습니다만, 이렇게 보니 그녀의 극적인 성장을 확인할 수 있었습니다.

이런 실감을 할 수 있는 것도 오랫동안 길게 쓴 장편 시리즈의 특권이라는 걸 요즘 따라 더욱 절실히 느끼고 있습니다.

여학생 트리오의 일원인 리엘의 숨겨진 추억의 궤적을 아무쪼록 끝까지 지켜봐주시길.

이번에는 여기까지겠네요.

본편은 여러모로 클라이맥스에 접어들었습니다만, 앞으로도 이 시리즈를 잘 부탁드리겠습니다! 히츠지도 전력을 다해 노력할 테니까요!

근황 및 생존 보고 등은 twitter에서 하고 있으니 응원 메시지 등을 남겨주신다면 기뻐서 더 힘이 날 것 같습니다. 유저명은 『@Taro_hituji』입니다.

그럼 이만!

히츠지 타로

■역자 후기

본편이 시리어스한 만큼 여러모로 환기가 되고 즐거웠던 이번 아홉 번째 단편집, 재미있게 읽어주셨을까요?

작가님도 후기에서 언급하셨듯 이 긴 시리즈를 돌이켜보면 정말 리엘만큼 첫인상이 많이 바뀐 캐릭터는 기껏해야 이브 정도를 꼽을 수 있지 않을까 싶습니다. 그만큼 나름 충격적인 등장이었죠. 나온 지 얼마나 됐다고 글렌의 등에 칼침부터 놓았으니…….

사실 제가 처음 원서로 리엘을 접했을 때도 이 발암캐(;;)는 뭐지? 라는 게 솔직한 첫인상이었습니다만, 아무래도 타이틀 히로인까지 맡은 캐릭터인 이상 분명 앞으로 뭔가 반전이 있을 거라는 생각에 너무 미운 캐릭터가 되지 않도록 신경을 많이 썼었던 게 기억나네요. 지금 와서 돌이켜보면 정말 다행이다 싶습니다. 그래서 이왕 이 김에 저도 오랜만에 처음부터 읽어봤는데 정말 많이 성장했다는 게 느껴져서 감회가 새로웠네요.

그럼 다음 본편에서도 뵐 수 있기를 바라며 이만 짧은 후기를 마치겠습니다.

초출(初出)

렌의 수난

The Agony of Lane

드래곤 매거진 2020년 9월호

폭풍우 치는 밤의 악몽

Nightmare on a Stormy Night

드래곤 매거진 2020년 11월호

이름 없는 뷰티풀 데이

The Nameless Beautiful Day

드래곤 매거진 2021년 5월호

너에게 가르쳐주고 싶은 것

What I Want to Tell You

드래곤 매거진 2021년 3월호

미아가 된 전차

The Tank was a Lost Child

특별 단편

Memory records of bastard
magic instructor

변변찮은 마술강사와 추상일지 9

초판 1쇄 발행 2023년 2월 10일

지은이_ Taro Hitsuji
일러스트_ Kurone Mishima
옮긴이_ 최승원

발행인_ 신현호
편집장_ 김승신
편집진행_ 권세라 · 최혁수 · 김경민 · 최정민
편집디자인_ 양우연
관리 · 영업_ 김민원

펴낸곳_ (주)디앤씨미디어
등록_ 2002년 4월 25일 제20-260호
주소_ 서울시 구로구 디지털로 26길 111 JnK디지털타워 503호
전화_ 02-333-2513(대표)
팩시밀리_ 02-333-2514
이메일_ lnovellove@naver.com
L노벨 공식 카페_ http://cafe.naver.com/lnovel11

ISBN 979-11-278-6706-5 04830
ISBN 979-11-278-4161-4 (세트)

값 8,500원